천마비상 2

초판 1쇄 인쇄일 2014년 4월 28일 ❙ **초판 1쇄 발행일** 2014년 4월 30일

지은이 용우 ❙ **펴낸이** 곽중열 ❙ **담당편집 팀장** 이범수
편집부 신연제 이윤아 김호성 김은경

펴낸곳 (주)조은세상 ❙ 출판등록 제 2002-23호
주소 경기도 고양시 일산동구 장항동 558번지 6호
TEL 편집부 02)587-2966 영업부 031)906-0890 ❙ FAX 031)903-9513
e-mail bukdu@comics21c.co.kr

ⓒ용우 2014
ISBN 979-11-5512-461-1 ❙ ISBN 979-11-5512-459-8(set) ❙ 값 8,000원

용우 신무협 장편소설

NEO ORIENTAL FANTASY STORY

2

천마비상

북두
(주)좋은세상

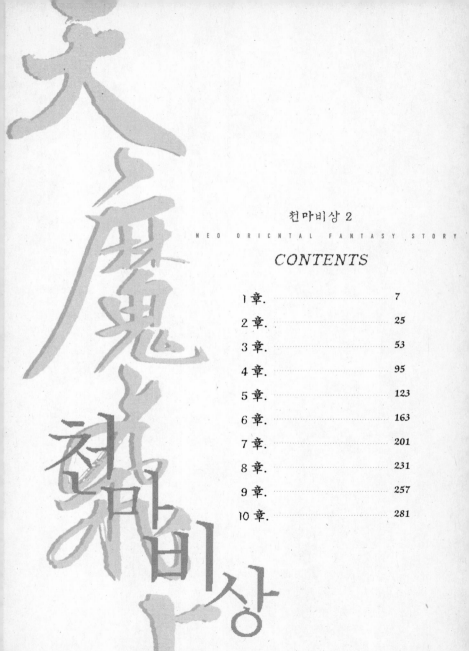

천마비상 2

N E O   O R I C N T A L   F A N T A S Y   S T O R Y

CONTENTS

天魔飛上章

章.

"실패했다?"

노인의 물음에 그의 앞에 오체투지한 흑의사내가 대답했다.

"작전에 투입된 인원의 대부분이 죽었으며, 금령주를 포함한 소수만이 포로로 잡힌 것으로 파악되었습니다."

"허…… 이유가 뭐지?"

"예정에 없던 천마성의 개입이 있었다고 합니다."

"천마성이라…… 발을 묶기 위해 꼬리를 내보인 것 아니었나?"

"패마는 저희 뜻대로 움직였으나, 변수는 그의 제자였습니다. 패마의 제자가 하루 일찍 도착함으로서 시간을 벌었고, 그 시간 동안 패마가 도착했습니다."

"쯧!"

혀를 차는 노인.

화려하진 않지만 본래 노인의 자리인 듯 잘 어울리는 의자에 앉은 채 그는 손가락으로 손잡이를 두드린다.

"잡힌 자들의 처리는?"

"곧 이루어질 것입니다."

"철저하게 처리하도록 하게. 그리고 금령주와의 꼬리를 모두 처리하도록. 계획에 성공했다면 모를까 실패한 이상 모습을 드러내는 것을 뒤로 미룬다."

"존명!"

"그리고 사황성에 대한 작전을 실행하도록 하게. 최선책이 실패했으니 다음 계책이라도 이어서 해야지."

"명을 받듭니다!"

우렁찬 목소리와 함께 모습을 감추는 사내.

그가 사라졌음에도 노인은 자리에서 움직일 줄 몰랐다.

"패마의 제자가 금령주의 발을 묶었다는 것은 결국 무공을 익혔다는 것인가? 재미있군. 마공을 익히지 못하는 몸을 극복했다는 것인데, 과연 어떻게 한 것인지 궁금해지는군. 쯧쯧, 그때나 지금이나 패마가 길을 막는군."

노인의 몸에서 농후한 마기가 흘러나와 금세 공간을 가득 채운다.

소진의 방문에 도현은 난감해하면서도 그녀를 만나기 위해 움직일 수밖에 없었다.

밖에서 만나기로 약속했던 것이 생각난 것이다.

다만 아직 정리가 끝나지 않은 만화각 안에서 이야기를 나눌 수는 없었기에 만화각에서 그리 멀지 않은 다향각으로 향했다.

"많이 바뀌셨군요, 오라버니."

반가운 듯 생글거리면서도 도현의 몸에서 풍기는 기세를 예리하게 알아차리는 소진.

"시간이 꽤나 흘렀으니."

"마공의 특성이라 하더라도 짧은 시간 쉬이 이루기 어려운 힘이네요."

"여러 가지가 있으니까."

"뭐, 마공을 익혔다고 해도 오라버니는 오라버니니까 저 개인적으론 조금도 상관없지만요."

면사위로 드러난 그녀의 눈이 웃는다.

주변에 사람이 없는 것이 아니기에 그녀는 면사를 벗지 못하고 있었다. 면사를 벗었다간 어떤 일이 벌어질지 그녀도 알 수 없기 때문이다.

"아쉽네요. 오라버니 앞에서는 면사를 벗을 수 있는데,

그럴만한 기회가 없다니."

입을 삐죽이는 소진.

본래 편하게 이야기하기 위해 방을 잡으려 했으나, 천마성 무인들의 만류로 인해 그럴 수 없었던 것이다.

허나, 천마성 무인들의 입장에선 당연한 것이었다.

방금 전 그런 일이 있은 마당에 어떤 일이 벌어질지 모르는 방으로 움직인다는 것은 대단히 위험한 일이었다.

지금 이곳에 있는 것도 위험한 일이지만, 최소한 근접해서 경호를 할 수 있으니 다행이었다.

"구룡무관의 생활은 괜찮아?"

슬쩍 말을 돌리는 도현.

그것을 모르는 바가 아니지만 소진은 눈감아 준다는 듯 입을 벌린다.

"오라버니가 없다는 것만 빼면 그리 나쁘지는 않았어요. 부족했던 경험도 쌓을 수 있었고, 검각의 독립성도 유지 할 수 있었으니까요."

"역시 제일 큰 소득은 검각의 영역을 조금이라도 찾은 것인가?"

"네. 백도맹과 사황성의 묵인이 없다면 어려운 일이니까요."

그녀의 말에 도현은 말없이 웃었다.

찌찔이로 불리던 그녀가 더 이상 없음을 실감한 것이다.

물론 태도가 크게 바뀐 것은 아니지만, 검각을 최우선으로 하는 것을 보니 그녀 역시 무림인으로 완전히 새로 태어난 듯 싶었다.

"이젠 완전히 검각의 사람이 되었구나."

"검각에 들어가는 그 순간부터죠."

"그런가? 하긴 그렇겠군."

소진의 말에 도현은 잠시 생각하다 고개를 끄덕였다. 무공을 익히지 못하고 있을 때도 도현은 자신이 마도인이라 생각하고 있었다.

그것과 같은 맥락일 것이다.

더욱이 그녀는 큰 문제없이 무공을 익혔을 것이니, 더욱 검각에 대한 집착이 생겨날 터다.

"그래서 날 보고자 한 이유는?"

찻잔을 들어올리며 도현이 묻자 그녀는 말없이 도현을 지켜보았다.

어딘지 기분이 상해 보이는 모습.

하지만 곧 한숨과 함께 입을 열었다.

"오라버니는 정말 변하지 않네요."

"내가? 꽤 변했다고 생각하는데?"

"아뇨. 하나도 안변했네요. 그냥 지나가는 길에 오라버니가 있는 것 같아서 오랜만에 얼굴이나 볼까하고 불러본 것뿐이에요."

"그래?"

"네."

대답을 마치곤 차를 마시는 소진.

뒤에서 그 모습을 지켜보고 있던 비연은 속이 부글부글 끓어오르지만 참견하진 않았다.

물론 나중에 둘만 남게 되면 잔소리를 퍼부을 생각이었지만.

탁탁.

그때 밑에서부터 발소리가 들리더니 곧 한 사람이 모습을 드러낸다.

출렁!

묘한 움직임을 자랑하며 나타난 것은 예미영이었다.

이젠 완전히 성숙해진 그녀는 마도이화라는 명성에 어울리게 뛰어난 미모를 자랑했다.

하지만 남자의 본능은 그녀의 얼굴보다 조금 밑으로 향한다.

"도현님, 지존께서 찾으십니다."

말을 하던 그녀의 시선이 자연스럽게 도현의 맞은편에 앉아 있는 소진에게 향한다.

움찔!

순간 서로를 보며 움찔거리는 두 사람.

그때 예미영이 재빨리 도현의 곁에 밀착해 앉는다.

뭉클.

은근히 그녀의 가슴이 도현의 팔을 압박하자 얼굴이 붉게 물드는 도현.

"떨어져."

도현의 말에 예미영은 미묘한 미소를 지으며 도현을 바라본다.

그리곤.

"좋으시면서, 호호호."

"오라버니가 떨어지라잖아요!"

탕!

강하게 탁자를 내려치며 소리치는 소진.

갑작스런 그녀의 반응에 모두의 시선이 소진에게 향하지만, 예미영은 마치 그녀가 존재하지 않는 것처럼 도현만을 바라보며 말했다.

"어서요. 지존께서 찾으신다니까요."

가까이 붙어서 말하는 예미영.

그녀의 몸에서 풍기는 묘한 향기와 뜨거운 숨결. 마지막으로 팔을 압박해오는 강렬한 느낌에 재빨리 자리에서 일어서며 소진을 향해 말했다.

"사부님께서 찾으시니 미안하지만 오늘은 헤어져야 할 것 같다."

그 말을 끝으로 재빨리 사라지는 도현.

도현의 모습을 보고 있던 예미영 역시 자리에서 일어서며 소진을 슬쩍 바라본다.

"훗."

짧은 웃음과 함께 도현의 뒤를 바짝 쫓아가는 그녀.

"당했네."

비연이 머리를 긁적이며 소진을 바라보자, 소진은 당장이라도 화를 터트릴 듯 붉어진 얼굴로 몸을 떨고 있었다.

평소 자신의 감정을 잘 드러내지 않는 소진이기에 비연의 입장에선 지금의 모습이 너무나 귀여웠다.

"빨리 잊어버려. 네가 저 사람을 좋아하는 것은 알겠지만 어차피 이루어질 수 없는 사이라는 걸 잘 알잖아?"

"……"

"포기해. 위에서도 허락하지 않을 거야."

"정말…… 그럴까?"

힘없는 그녀의 물음에 비연은 솔직하게 대답했다.

"아무리 본각의 상황이 나쁘다고 해도 그 본질이 정파임은 변하지 않는 사실이야. 정파인들이 마도인과 함께 할 수 없는 것은 당연한 일이야."

"하지만 난 포기 할 수 없어."

"소진아!"

"연아. 저 사람 절대로 나쁜 사람 아니야. 그건 내가 보증 할 수 있어."

"그렇다고 해서……!"

"내 마음이! 내 마음이 쉽게 포기 못하는데 어떻게 해. 이대로 포기 할 수 없어."

굳은 의지가 보이는 그녀의 시선에 비연은 한숨을 크게 내쉰다.

"그래서 어떻게 하려고?"

"일단 옆에 붙어 다닐 거야. 최소한 자의든 타의든 나쁜 짓은 못하게 막아야지. 마지막엔 천마성에서 빼내고 말거야."

"불가능한 일이야."

"아니, 하고 말거야. 오라버니는 마공과 적성이 안 맞아. 어떻게 천마성에 들어갔는지 모르겠지만 반드시 내가 마음을 돌리고 말 거야."

집착까지 보이는 그녀의 모습에 비연은 놀라지 않을 수 없었다.

평소에도 자신과의 대화가 아니면 크게 대화가 없는 그녀다. 그랬던 그녀가 자신의 감정을 거침없이 드러내는 모습도 놀랍지만, 무언가에 집착한다는 것에 더 크게 놀랐다.

설령 그것이 불가능한 일이라 하더라도.

소진의 얼굴을 바라보던 비연은 어쩔 수 없다는 듯 고개를 흔들며 자리에서 일어섰다.

"내가 뭘 도와줄 수 있는지 모르겠지만, 최대한 협조하겠어. 하지만 큰 희망을 가지지 않는 것이 좋을 거야."

"고마워. 당분간 사부님의 눈만 피할 수 있어도 난 만족해."

"그리 길진 않을 거야."

당연하다는 듯 소진은 고개를 끄덕이며 일어섰다.

"괜찮아. 자신 있으니까."

◐

"부르셨습니까, 사부님."

"그래. 왜 그렇게 얼굴이 붉은 것이냐?"

뒤돌아서며 도현을 반기던 패마는 붉어진 도현의 얼굴을 보며 아픈 것은 아닌지 걱정한다.

그에 재빨리 고개를 저으며 입을 여는 도현.

"아, 아무것도 아닙니다!"

"흠…… 네가 그렇다면 그런 것이겠지. 앉거라."

패마와 마주하는 자리에 앉는 도현.

"그동안 뒤처리를 하느라 바빠 제대로 이야기도 못했구나. 그래, 실전을 처음 겪어본 기분은 어떻더냐?"

"아직 갈 길이 멀다는 것만 느꼈습니다. 알고 있는 초식임에도 허둥대다 사용할 시기를 놓치고, 여러 번 기회가 있었음에도 불구하고 살인의 두려움인지 번번이 때를 놓쳤습니다."

"항시 죽음을 각오하고 사는 무인이라 하더라도 누군가를 죽이는 것이 어찌 쉬운 일이겠느냐. 허나 필요해 의해 때론 욕심에 의해 이 사부도 많은 이들의 목숨을 빼앗아 왔으나, 이제까지 단 한 번도 후회한 적은 없었단다. 이미 돌아온 길을 돌아보는 것은 죽은 자들에 대한 예의도 아닐 뿐더러, 이 어깨위에 수많은 이들의 목숨이 달려있음이니 쉬이 멈출 수 없음이니라."

"제자는 아직 살인에 대한 두려움을 떨치지 못했습니다."

진솔하게 말하는 도현에게 패마는 부드러운 미소를 지어 보인다.

"이 사부의 경우가 그러했단 것이란다. 언젠가는 너 역시 비슷한 길을 걷게 되겠지만, 지금 많이 고민을 하더라도 언젠가 때가 되면 반드시 해야만 한다. 특히 이번과 같은 일에선 운이 좋아 버틸 수 있었지만, 자칫 네 실수 하나로 인해 아이들이 모두 죽임을 당할 수도 있었음이야."

"뭐라 드릴 말씀이 없습니다."

"널 탓하기 위함이 아니다. 때론 모든 두려움을 이겨내고 반드시 해내야 할 일이 있음을 알라는 것이다. 다음번에는 이번과 같은 운이 따를 수 있을 것인지 알 수 없지 않느냐.”

부드럽게 이야기하며 도현의 머리를 쓰다듬는 패마.

이미 도현이 다 컸음에도 불구하고 그는 도현의 어린 시절에 그러했듯 머리를 쓰다듬는 것을 좋아했다.

도현 역시 굳이 거부하지 않았다.

사부가 좋아하는데다 자신도 그리 싫지 않았기 때문이다.

“이번 사건의 범인들이 누구일 것이라 생각하느냐?”

“제자의 생각으론 적어도 사황성과 백도맹은 아닐 것이라 생각합니다. 사부님을 막아 설 수 있는 사람은 그 두 분밖에 없으니 아무리 내부의 싸움이 치열하더라도 쉽게 할 수 있는 일이 아니지요.”

“허허, 그렇다면 또 다른 세력이 있다고 생각하느냐?”

“예. 정체는 알 수 없으나 분명한 것은 놈들은 본성을 미끼로 사용하려고 했다는 겁니다. 게다가 분명 놈들이 사용한 것은 마공이었습니다.”

도현의 말에 패마는 눈을 빛낸다.

확실한 정보를 가르쳐 주지 않았음에도 이 영특한 제자는 자신이 겪은 일들을 토대로 많은 것을 추리해 내고 있었다.

예전부터 영특하다 생각은 하고 있었지만, 이 정도 일

것이라곤 생각지 못했다.

"본성이 앞으로 어떻게 대처해야 하겠느냐?"

"정체를 알 수 없는 자들이니, 당장 어떻게 할 방법은 없습니다. 그렇다고 해서 아예 손을 놓고만 있을 수도 없으니, 가장 먼저 내실을 확고히 다지고 혹시나 있을지 모르는 내부의 변질자를 찾아내는 것이 급선무라고 생각합니다. 확실하진 않지만 분명 눈과 귀를 심어 놓았을 겁니다."

"그럼 놈들이 쉽게 본성에 자리를 잡을 수 있을 것이라 생각하느냐?"

도발적인 패마의 말에 도현은 빙긋 웃으며 고개를 저었다.

"쉽지 않을 테지만, 불가능한 일 또한 아니지요. 수많은 사람이 본성에 존재하는 만큼 그들 전부의 마음을 사로잡을 수 있는 일은 아니지 않습니까."

"그렇다면 누군가는 배신을 했다는 소리겠구나."

"하나의 가능성일 뿐입니다. 평소의 본성을 생각한다면…… 놈들이 첩자를 심어봤자 위로 올라오지 못하고 밑에서 활동할 것이라 생각합니다만, 확실한 것은 아닙니다."

정확했다.

천마성이 어렵게 알아낸 사실을 도현은 정확하게 짚어내고 있었다.

패마의 생각을 뛰어넘는 영민함이 아닐 수 없다.

평소 많은 책을 읽는 모습을 자주 보아왔고, 주변에서도 칭찬이 자자했지만 언제나 어릴 적의 모습만 생각했던 패마에게 이번에 보이는 도현의 모습은 새로운 것이었다.

"후후, 하하하!"

갑작스레 웃음을 터트리는 패마.

"널 소성주의 자리에 앉혔을 때는 걱정이 많았다만, 이제 보니 모두 기우였을 뿐이었구나. 장로들이 반대하지 않은 이유가 다 있었어. 오히려 사부인 내가 가장 널 알지 못했던 것 같구나."

"사부님."

"되었다. 어찌되었건 이번 회의에선 이야기해야 할 것들이 제법 많을 것 같구나. 후후후, 그 뒤엔 앞으로 네가 해야 할 일들이 많이 늘어날 것이야. 각오 단단히 하거라."

"알겠습니다."

패마의 눈엔 도현으로 인해 더욱 발전할 천마성의 미래가 보이는 듯 했다.

며칠 지나지 않아 사황성과 백도맹에서 정예 무인들이 은밀히 도착했다.

다른 사람도 아니고 검신과 권신이 습격을 당한 일이지만 일은 조용히 처리되었다.

자칫 일이 크게 번질 수도 있는 문제였기 때문이었다.

차후에 알려진다 하더라도 당장은 입을 다물고 해결책을 찾아야 했다.

회의는 며칠 미루어지긴 했지만 성공적으로 이루어졌고, 그곳에서 수많은 이야기들이 오갔다.

특히 이번 일을 벌인 놈들에 대한 단서를 찾는데 주력하기로 하고, 서로가 알아낸 정보를 교환했다.

그렇게 해서 알아낸 것은 의외로 몇 가지 되지 않았지만, 그렇다고 아예 성과가 없는 것은 아니었다.

우선적으로 공통의 적이 있다는 것을 확인한 것만으로도 큰 수확인 것이다.

사황성과 백도맹의 입장에선 천마성의 후계자인 도현의 실력을 알아낸 것도 큰 성과 중의 하나였다.

아직 감춰진 것이 많은 그였기에 더욱 귀중한 정보였다.

그렇게 회의가 막을 내렸다.

天魔飛上
2章.

2 章.

천마성으로 복귀한 도현들은 곧장 수련에 들어갔다.

적들을 상대하며 느낀 바가 많았기 때문이었다.

특히 도현의 경우 처음으로 실전을 경험하며 많은 것을 느끼고 또 얻은 바가 있었기에 더욱 수련에 집중했다.

강대한 내공을 지니고 있지만, 아직 그 사용법을 완전히 터득하지 못한 느낌이었다.

뿐만 아니라 적재적소에 쓰여야 할 초식들이 완전히 체화(體和)되지 않아 매끄러운 사용이 어려웠다.

악의의 대법으로 인해 지금 도현의 몸은 무공을 익히기에 최상의 체질로 바뀌어져 있었다.

어떻게 한 것인지 알 수는 없지만 특히나 내공의 수발이 아주 자연스러웠다.

보통 무인들이 기가 통과하는 혈의 크기를 1이라고 한다면 도현의 경우 5를 넘어갔다. 족히 다른 무인의 다섯 배는 넘는 것이다.

어쨌거나 하루하루 땀을 흘리는 시간이 흘러갔다.

그러는 사이 패마와 장로들은 회의에서 있었던 일들을 바탕으로 발 빠르게 움직이고 있었다.

사황성과 백도맹으로 이어지는 비밀 연락망을 구축하는 한편, 성 안에 있을지도 모르는 배신자들을 찾아내는 데 모든 신경을 집중했다.

그 대상은 지위고하를 가리지 않고 광범위하게 이루어졌다.

심지어 몰래 장로들까지도 조사를 해볼 정도로 철저하게 이루어졌고, 그 결과 의외로 많은 배신자들이 있음을 알 수 있었다.

"걸러낸 자들만 벌써 이백이 넘어가고 있습니다. 대다수가 하급 무사들이고, 중급 이상은 소수에 불과합니다."

이 장로의 보고에 모두의 안색이 침울해진다.

패마인 성주를 중심으로 똘똘 뭉쳤다고 생각했건만 의외로 많은 자들이 배신을 했던 것이다.

당장은 천마성 전체 인원을 생각하면 적은 수지만, 본래 작은 균열이 걷잡을 수 없게 되는 법이다.

보이지 않는 균열이 천마성에 가고 있었음이니 어찌 기분이 좋을 리 있겠는가.

"어찌 처리했으면 좋겠나?"

일 장로가 골치 아픈 듯 다른 장로들에게 물었지만, 다들 입을 다물 뿐 쉽사리 이야기를 꺼내지 않는다.

당장 적들의 정체가 확실하지 않은 상황에서 급작스레 그들을 쳐낸다면 상황을 모르는 이들이 반발 할 수도 있는 문제인 것이다.

그렇다고 그들에 대해 공표를 하자니 알고 있는 것이 크게 없어 그마저도 쉽지 않은 일이었다.

"이럴 수도 저럴 수도 없는 것인가."

"차라리 놈들을 이용하는 것이 어떻겠습니까? 거짓 정보를 흘리고 놈들의 반응을 보는 겁니다."

삼 장로의 의견에 일 장로는 고개를 저었다.

"갑작스레 행동이 달라지면 의심만 사게 될 것이네. 차라리 이번 기회에 싹을 자르는 편이 나을 지도 모르지."

잠시 고민하던 일 장로는 결국 성주인 패마에게 보고를 하기로 하고 장로들과 함께 패마가 기다리고 있는 회의실로 향했다.

장로들의 보고를 들은 패마는 간단하게 결론을 내렸다.

"처리해. 배신자를 품고 갈 수는 없는 일이다. 놈들을 속여 얻는 것보다 잃는 것이 더 많을 수도 있음이니, 지금

처리하는 것이 옳을 것이다."

"반발이 클 것 입니다."

일 장로의 말에 패마는 피식 웃었다.

"누가 한단 말인가?"

어느새 회의실을 휘어잡는 강렬한 기세.

천하에서도 내놓으라 하는 고수들이 천마성의 장로들이
지만 패마에겐 상대가 되지 않았다.

"혹 타초경사의 우를 범하게 되는 것은 아닐 런지요?"

다시 한 번 조심스레 묻는 일 장로에게 패마는 고개를
저었다.

"어차피 숨어 있는 놈들이다. 건드리지 않는다 해서 모
습을 드러낼 놈들이 아니다. 차라리 이번 기회에 처진 분
위기를 바꿀 수 있음이니 나쁜 기회가 아니겠지."

"알겠습니다."

물러서는 일 장로는 보며 패마는 자리에서 일어서며 명
령했다.

"지금 즉시 가려낸 배반자들의 목을 친다. 전 장로들이
지휘하여 움직여라. 마검대, 지옥수라대, 흑암혈사대를 동
원해도 좋다."

"존명!"

명령을 받은 장로들은 일제히 회의실을 빠져나간다.

일단 움직이기 시작한 장로들은 거침이 없었다.

즉시, 허락을 받은 세 무력부대를 동원해 알아낸 배신자들을 잡아들이기 시작했다.

갑작스런 상황에 천마성 전체가 들썩인다.

반항도 못하고 잡혀가는 자들이 대부분이지만 눈치 빠른 자들은 재빨리 살길을 찾아 도망쳤지만, 얼마 지나지 않아 잡혀 들어왔다.

항의하려던 자들은 장로들이 선두에 서서 지휘하는 모습을 보고선 꼬리를 내릴 수밖에 없었다.

그렇게 잡은 이들 중 증거가 확실한 이들은 곧장 목을 쳤고, 그렇지 않은 이들은 감옥으로 이송했다.

난데없는 상황에 많은 이들이 당황하고 있을 때 패마의 명령으로 이번 일의 개요와 처리에 대해 대대적으로 알렸고, 그제야 모두들 수긍할 수 있었다.

물론 전부가 수긍한 것은 아니지만 불만을 가라앉히는 덴 성공한 것이다.

"충격이 대단할 텐데, 거침없이 시행해 버리시는 것이 대단하시구나."

천마성 안에서 벌어진 일들에 대해 이야기 들으며 도현은 진심으로 감탄했다.

이번 일은 분명 배신자들을 처리하는 것이 옳다.

하지만 적에 대한 실체가 드러나지 않은 시점이기에 섭

사리 실행하기 어려운 일인데, 패마는 과감히 결단을 내린 것이다.

"당장은 혼란스럽겠지만 차후를 위해선 반드시 필요한 일이지. 어떤 놈들인지 모르겠지만 꽤 당황했을 걸?"

웃으며 찻잔을 드는 도현을 보며 조용히 있던 우혁이 질문했다.

"내부의 소란을 따로 수습하지 않아도 되겠습니까?"

"여긴 천마성이잖아."

그 한마디로 모든 것이 설명되었다.

천마성 자체가 패마의 강함에 매료되어 모인 마인들로 이루어진 곳이다.

다시 말해 지존의 명령이 내려진 것인데 누가 계속해서 반발 할 수 있단 말인가.

적어도 천마성에 소속되어 있는 마인이라면 그럴 수 없었다.

"한잔 더 드릴까요?"

도현의 찻잔이 빈 듯하자 곁에 바짝 붙어서 앉아 있던 예미영이 자리에서 일어서며 물었고, 도현은 고개를 끄덕였다.

오랜만에 모두가 한 자리에 모였다.

복귀한 이후 하루하루를 수련에 매달려 왔었는데, 이번 일을 기회삼아 한 자리에 모인 것이다.

패마의 제자인 도현.

장로들의 제자인 도우혁, 마광호, 단리한, 예미영.

이 다섯 사람이야 말로 차후 천마성을 이끌어갈 핵심 인물들이다.

이미 소성주로 인정을 받은 도현은 말할 것도 없었고, 우혁은 이미 무림에서 신월마검(新月魔劍)이란 별호를 얻을 정도로 위명을 떨치고 있다.

나머지 세 사람 역시 그 실력에 있어선 후기지수들 중에서 발군이라 할 수 있었다.

강자존의 법칙이 살아있는 천마성이니 이들이 차후 권력을 손에 쥐지 못할 가능성도 있긴 하지만, 분명히 가장 가까운 곳에 위치한 것은 사실이었다.

"그러고 보니 근래 기묘한 소문이 제 귀에 들어왔습니다."

마침 떠올랐다는 듯 광호가 재미있겠다는 얼굴을 하며 분위기를 바꾼다.

"근래 무림에서 한 가지 소문이 떠돌고 있는데, 이 소문에 반응해 움직이는 무림인의 수가 물경 수천에 이른다고 합니다. 사황성이나 백도맹에서도 공식적으로 움직이진 않지만, 소속되어 있는 문파와 무인들이 움직이는 것을 굳이 막고 있지 않는 것으로 보아 꽤 신빙성 있는 소문 같습니다."

"무슨 소문인데?"

관심이 이는 듯 도현이 묻자 광호가 웃으며 이야기했다.

"무림에 전설처럼 떠도는 인물 중 가장 유명한 사람을 꼽으라면 누가 있겠습니까?"

"무림에?"

광호의 말에 모두가 곰곰이 생각하고 있을 때 미영이 도현에게 새로운 차를 건네며 말했다.

"무림 전체가 술렁일 정도로 유명한 사람이라면 무황밖에 없지 않아?"

"정답!"

그녀의 말에 광호는 손가락을 튕기며 입을 열었다.

"무려 오백년 전 무림의 전설로 이름을 남긴 무황의 무덤이 발견되었다는 소문이 돌고 있습니다. 이름 하여 무황총!"

"무황총?"

"예. 무황의 모든 것이 담겨져 있다는 곳인데 오백년 전의 인물이긴 하지만 무림 최강의 이름을 손에 넣었던 사람이 아닙니까. 그의 무공을 손에 넣을 수 있다면 그 뒤야 뻔하지요."

어깨를 으쓱이는 광호를 보며 도현은 피식 웃지 않을 수 없었다. 자신이 이야기를 하고서도 광호의 얼굴엔 관심이 없다고 써져 있었던 것이다.

"넌 관심이 없는 모양이야."

"형님, 제 나이가 몇인데 아직도 그런 허황된 소문을 믿겠습니까? 지금 익히고 있는 것도 어려워 죽겠는데, 무림 최강이라 불렸던 무황의 무공이라니. 어휴, 제 머리론 불가능한 일입니다."

"하하하하!"

유쾌하게 웃으며 말하는 광호를 보며 모두가 크게 웃음을 터트린다.

그의 말대로 익히고 있는 무공만으로도 충분함을 느끼고 있는 이들이었기에 굳이 무황의 무공에 욕심이 나진 않았다.

하지만 이는 무림에서도 손에 꼽히는 고급무공을 배우고 있는 이들이기에 가능한 생각이지, 좀 더 강한 무공에 대한 욕구가 강한 이들이라면 당장이라도 자리를 박차고 달려갈 일이었다.

오백년 전의 인물이지만 지금까지도 회자되고 있는 것이 무황이었다.

무황은 그 별호와 같이 최강의 무인이었다.

그에겐 정사마의 구분이 없었고, 누구도 그의 일수를 받아내지 못했다고 전해진다.

천하제일인이란 칭호를 처음으로 얻은 것도 그였다고 하니, 얼마나 강했을 것인지 짐작할 수 없을 정도다.

그러다보니 현재 무림에선 무황총으로 가기 위해 수많은 무림인들이 움직이고 있었다.

"무림이 시끄럽겠군."

"시끄럽다 뿐이겠습니까? 계속해서 움직이는 인원이 늘어날 겁니다. 지금은 조용한 사황성과 백도맹도 인원이 늘어나게 되면 움직일 수밖에 없을 겁니다."

"흠…… 가능성은?"

도현의 물음에 광호는 손가락으로 뺨을 긁으며 대답했다.

"곤란하게도 반반입니다. 진짜 무황총일 수도 있지만 반대로 누군가의 함정일 수도 있다는 것이죠. 함정이라는 것은 이번에 본성에서 일어난 사건을 연관시켜서 추리해 낸 것입니다만, 딱히 다를 것은 없다고 봅니다."

"사황성과 백도맹이 움직일 정도라면 엄청난 규모겠군."

"그게 문제죠. 지금 무황총이라고 알려진 곳은 동정호의 수많은 섬들 중 하나인데, 아시겠지만 섬들 중에는 그 규모가 대단히 큰 것도 많습니다. 이런 곳에 대규모의 시설을 만들려고 한다면 다른 사람들의 눈에 띄지 않을 수가 없습니다."

"그래서 반반이라는 건가?"

조용히 듣고만 있던 우혁의 물음에 광호는 고개를 끄덕였다.

천마성에서 가장 많은 정보를 알고 있는 사람이 삼 장로인 혈영신투이고 그 다음이 그의 제자인 마광호다.

그런 광호가 확실히 대답하지 못할 정도라면 분명 뭔가가 있다는 것이었다.

자신들끼리 시끄러워지는 아이들을 보던 도현의 눈이 잠시 우혁과 마주쳤고, 도현의 입 꼬리가 자연스럽게 올라간다.

성 밖으로 떠나는 아이들을 보며 검마가 패마를 향해 물었다.

"이런 시기에 밖으로 내보내도 되는 것인지 모르겠습니다."

"걱정이 되는 모양이군."

"아무래도 시기가 시기이지 않습니까."

"허허허, 천하의 검마가 걱정이라니! 세상 사람들이 알면 크게 놀랄 것이네."

웃으며 말하는 패마를 보며 검마는 작게 한숨을 내쉰다.

평소 필요한 말이 아니면 입을 열지 않을 정도로 냉정하고 과묵하던 그이지만 이번만큼은 걱정되지 않을 수 없었다.

정체를 알 수 없는 적이 중원 어딘가에서 도사리고 있을 뿐만 아니라, 지금 저들이 가는 곳엔 중원의 무수한 무인들이 움직이고 있는 곳이다.

긴장감이 팽팽한 곳이니 만큼 조금만 실수하더라도 큰 사고로 이어 질 수 있는 곳인 것이다.

"호위를 정말 붙이시지 않을 생각이십니까?"

"이젠 과거의 아이들이 아니지 않은가. 슬슬 자립할 때가 되었다고 보는데…… 아닌가?"

"그렇기는 합니다만……."

말끝을 흐리는 검마의 어깨를 툭툭 두드리며 패마는 뒤돌아섰다.

"아이들을 믿게."

두두두-.

신나게 말을 달리며 도현들은 천마성이 보이지 않을 때까지 단 한 번도 뒤돌아보지 않았다.

오히려 뒤늦게라도 자신들을 잡을까 싶어 전력으로 말을 몰았다.

그런 이들이 멈춘 곳은 천마성에서 한참은 떨어진 곳에서였다.

"정말로 내보내 주실 줄은 몰랐는데……."

얼떨떨한 듯 도현이 작게 웃으며 말하자 우혁이 동의한

다는 듯 고개를 끄덕인다.

현재 천마성의 상황을 모르는 것도 아니고, 잘 알고 있는 상황에서 한 이야기이기 때문에 거절당할 것이라 생각했는데 의외로 어렵지 않게 성을 나올 수 있었다.

"전 그것보다 벌써 지존께서 알고 계셨다는 사실이 더 놀라워요. 으으…… 나름 최신 정보였었는데."

머리를 쥐어뜯는 광호를 보며 모두들 웃는다.

광호의 말이 딱히 틀린 것은 아니지만 패마는 천마성의 주인이다. 주인인 그가 모르는 것은 없다고 보는 것이 옳았고, 이번 일로 다시 한번 그 사실을 깨달을 수 있었다.

"네 귀에 들릴 정도니 지존께서 모르시는 것이 더 이상하겠지. 그보다 저희도 동정호로 바로 가는 겁니까?"

단리한의 물음에 모두의 시선이 도현에게 향한다.

"당연히 동정호로 가야지. 구경하려고 온 건데."

"다들 무황의 무공에 눈이 충혈 되어 있을 겁니다."

"그걸 구경하자는 거니까."

태평한 도현의 말에 모두들 어쩔 수 없다는 듯 고개를 흔든다.

사실 이들이 무슨 욕심이 있어 무황의 무공을 탐하겠는가.

그저 도현이 부추기니 적당히 따라 나온 것뿐이었다. 애초에 도현이 관심을 보이지 않았다면 이렇게 나올 이유도 없었기에 모든 일의 원인이 된 광호에게 쏟아지는 눈빛이 강렬하다.

"이번에는 걸릴 것도 없으니 천천히 가보자. 이곳저곳 구경하면서. 자금도 두둑하니까."

툭.

옆구리를 치는 도현.

옷 안쪽 주머니에는 작은 패가 하나 들어 있었는데, 천마성에서 운영하고 있는 천하전장에서 언제든지 무제한으로 돈을 찾아 쓸 수 있는 물건이었다.

시간과 돈이 있으니 충분히 주변을 둘러보며 갈 수 있을 터이고, 아직 동정호 어딘가에서 발견되지 않은 무황총도 자신들이 도착 할 때쯤에는 찾아져 있을 터였다.

❁

"밖으로 나왔다?"

수하의 보고에 노인은 의외라는 표정으로 얼굴을 쓰다듬는다.

"천마성에 심어 두었던 간자들은 다 처분된 것이냐?"

"예. 저희뿐만 아니라 사황성과 백도맹에서 심어둔 자들도 처분된 것으로 파악되었습니다. 의심되는 자들에 대해선 가차 없이 목을 벤 것 같습니다."

"역시 패마인가."

노인이 눈을 감는다.

톡, 톡, 톡.

그의 손가락이 의자의 팔걸이를 칠 때마다 일정한 간격으로 소리가 울려 퍼진다.

"패마의 계략일 확률은?"

"예?"

멍청하니 되묻는 수하를 보며 노인은 마음에 들지 않는 듯 짧게 혀를 차며 다시 말했다.

"패마의 제자가 밖으로 나온 것 말이다."

"죄, 죄송합니다. 패마의 계략일 확률은 높지는 않으나 없다고 할 수는 없는 상태입니다. 다만, 놈들의 행선지가 동정호인 것으로 보아, 이번 사건에 관심을 가지고 있는 것 같습니다."

"확실한 것이 없군."

노인의 말에 사내는 식은땀을 흘리며 자세를 더욱 낮춘다. 그 모습에 마음에 들지 않는 것인지 노인은 다시 혀를 차며 자리에서 일어섰다.

"큰 그림을 그리다보면 작은 실수를 눈감을 때가 있지만 정작 그림이 완성되고 나면 그 작은 실수가 유난히 눈에 띄는 법이지. 이번 기회에 바로 잡는 것이 좋겠어."

"검신과 권신은 밖으로 나오지 않으려 할 것입니다."

"굳이 검신과 권신을 노릴 필요는 없지. 마신을 밖으로 불러낼 훌륭한 미끼가 있지 않은가."

"실패할 확률이 큽니다."

"대어를 낚기 위해선 미끼가 훌륭해야 하는 법이지. 하지만 때론 손맛만 보는 것도 그리 나쁘지는 않아."

노인의 말에 사내는 고개를 숙였다.

"뜻대로 행하겠나이다."

"그래. 살고 싶다면 이번 일을 꼭 성공해야 할 것이다. 널 대신 할 자는 무수히 많음을 기억해야 할 것이야."

"존명!"

◐

동정호를 중심으로 수많은 도시들이 있지만 그 중에서도 가장 유명한 곳을 꼽으라면 역시 악양이다.

특히 중원에서 가장 크고 유명한 악양제일루가 바로 이곳에 자리를 잡고 있어, 평소에도 많은 이들이 찾는 것으로 유명한 도시가 악양이다.

관리들도 평소 악양을 자주 찾기에 안하무인의 무인들도 이곳에서 만큼은 조심스럽게 행동했는데, 이번에는 달랐다.

악양 전체가 무림인으로 가득 들어찬 것처럼 길을 걷다

보면 열에 아홉은 무기를 가지고 있었다.

자연스럽게 일반인들의 활동이 위축되고 있었지만 누구 하나 신경 쓰는 자가 없었다.

법의 처벌을 두려워하지 않는 무림인들에게 항의했다 가 눈먼 칼에라도 맞는다면 그야말로 개죽음 밖에 되질 않는가.

여기에 이곳을 다스려야 할 관리는 무림인들의 뇌물에 넘어가 병사들의 움직임을 꽁꽁 묶고 있었다.

이러다보니 쉽게 악양에서 방을 구하지 못할 정도였다.

물론 도현들에겐 남의 이야기에 불과했지만.

"그럼 필요한 것이 있으시면 언제든 불러 주십시오."

정중히 고개를 숙이며 방을 빠져나가는 천하전장의 악 양지부장.

천하전장의 지부장 정도 되면 고개를 숙이는 일이 거의 없다고 봐야 하지만, 이번만큼은 예외였다.

다른 사람도 아닌 천하전장의 소주가 온 것이다.

악양 시내에 자리를 잡은 악양지부는 그 부(富)를 과시 하기라도 하려는 듯 크고 화려하게 지어져 있었는데, 그렇 게 지어진 건물들 중 하나에 도현들이 머물고 있었다.

"생각했던 것보다 더 많은 것 같지 않습니까?"

단리한이 걱정된다는 듯 얼굴을 찡그리며 말하자 우혁 이 동감한다는 듯 고개를 끄덕인다.

"뭘 그렇게 걱정하고 그래? 이곳까지 오는 동안 무황총이 발견되지 않은 것은 이상한 일이지만, 곧 무황총이 발견되면 전부 사라질걸?"

"그거야 그렇습니다만, 형님이 그냥 계실리가 없으니 하는 말이지요."

단리한이 한숨을 내쉬자 도현은 말없이 웃는다.

"분위기가 생각보다 흉흉합니다. 이곳에서 당분간 움직이지 않는 것이 좋을 것 같습니다."

"아무래도 무황총이 발견되질 않으니 그런 것이겠지. 성을 떠나서 이곳까지 오면서 여러 곳을 둘러보며 천천히 왔는데도 불구하고 아직까지도 무황총이 발견되지 않았으니, 먼저 이곳에 왔던 자들의 신경이 곤두 설만 할 거야."

"사황련과 백도맹에서도 곧 움직인다고 하던데요?"

우혁과 도현의 대화에 광호가 끼어들며 말하자 모두의 시선이 그에게 향한다.

"너무 많은 무림인들이 이곳으로 몰려든다는 핑계로 움직일 모양이더라고요. 보고 있다가 물건이 나오면 분란을 일으킨다는 핑계로 빼앗을 생각이겠지만요."

"정파놈들이나 사파놈들이나 거기서 거기인 거지. 욕심에 눈이 먼 놈들이니까."

단리한이 차갑게 말한다.

일행 중에서 유독 정, 사파에 대한 감정이 많은 것이 단리한이다. 어릴 적 그의 가문이 정, 사파의 싸움으로 인해 큰 화를 입었기 때문이다.

"어차피 사람 구경이 목적이었으니 당분간은 느긋하게 있자고. 느긋하게."

도현이 웃으며 말하자 모두의 고개가 끄덕여진다.

끼익- 끽.

바람에 돛이 펼쳐지며 배가 움직이는 소리가 어두운 밤의 동정호에 울려 퍼진다.

동정호에 유명한 것 중 한 가지가 바로 어둠이 내린 동정호에 놀이 배를 띄우는 것 인데 화려한 등불을 밝힌 놀이 배들로 인해 동정호 전체가 밝게 빛나고 있을 정도였다.

놀이 배 치곤 제법 큰 배에 올라타 불어오는 바람과 함께 술을 마시던 도현은 옆자리에 앉아 안주를 집어 주는 예미영을 시작으로 얼굴이 붉어진 채 정신을 못 차리는 단리한과 이미 술기운에 잠들어버린 광호, 첫 잔을 제외하곤 더 이상 술을 마시지 않아 멀쩡한 우혁까지 모두를 차례로 보았다.

놀이 배를 타고 싶다는 미영의 말에 모두가 동정호의 밤 나들이를 나오게 된 것이다.

처음엔 작은 배를 빌리려 했지만 동정호 전체를 뒤지는 무림인들 때문에 배가 귀해 결국 악양지부의 배를 빌려 타고 있는 일행이었다.

얼마나 많은 술을 마신 것인지 일행의 주변으로 빈 독이 무수히 굴러다닌다.

도현의 얼굴도 붉게 물들어 있었다.

조르륵.

빈 잔에 술을 채워주는 미영.

그러고 보니 그녀는 아무렇지 않은 듯 했지만 눈이 살짝 풀려 있는 것이 역시나 제법 취한 듯 보였다.

"아, 좋다!"

돌연 도현의 입에서 그런 소리가 튀어나오자 우혁의 시선이 그에게 향하고 예미영은 작게 웃으며 도현에게 매달린다.

"저도 좋아요! 아주 좋아요."

팔짱을 끼곤 얼굴을 가슴에 문지르는 그녀의 행동에 도현은 피식 웃는다.

"많이 좋아하고 있을 겁니다, 미영이는. 어릴 때부터 곧잘 도현님만 보아왔으니까요."

"나도 모르는 건 아냐, 모르는 건."

쭈욱!

단숨에 술을 들이키는 도현.

빈 술잔을 보고 다시 술을 채우려던 미영이 그대로 뒤로 넘어가며 잠에 빠져든다.

그 모습에 피식 웃으며 도현은 겉옷을 벗어 그녀에게 덮어주곤 자리에서 비틀거리며 일어섰다.

"바람 좀 쐴까?"

밖으로 자리를 옮기자 밤바람이 선선하게 불어온다.

화려한 악양의 밤거리와 무수히 떠있는 놀이 배들이 한눈에 들어온다.

보통 놀이 배보다 규모가 크다보니 제법 멀리까지 나온 것이다.

"화려하네."

"춥지는 않으십니까?"

아직까진 밤바람이 제법 서늘했기에 우혁이 물었지만 도현은 피식 웃으며 내공을 운기했다.

치이익!

기묘한 소리와 함께 그의 손끝에서 하얀 연기가 피어오르며 몸 안 가득하던 주독(酒毒)이 빠져나간다.

"이제 무공을 익히고 있으니 너무 걱정하지 마."

"죄송합니다."

"됐어. 네 성격을 모르는 것도 아니고."

답답하리라 만치 충성을 받치는 동갑내기 친구 우혁을

보며 도현은 웃을 수밖에 없었다.

우혁의 저런 성격을 깨달은 것은 처음 만나고 얼마 되지 않아서였다. 그동안 부단히 고치기 위해 노력했지만, 결코 쉽지 않은 일이었다.

그래도 다행히 남들은 믿지 않겠지만 지금의 모습이 예전과 비교한다면 무척 부드러워졌다는 것이다.

난간에 등을 기대며 도현은 밤하늘을 바라본다.

별이 반짝이는 하늘.

"우혁아. 넌 꿈이 뭐냐?"

"꿈…… 말입니까?"

"그래. 뭐가 되고 싶다거나, 뭘 하고 싶다거나. 그런 거 말이야."

"왜 물으시는지 모르겠습니다만, 생각해본 일이 없습니다. 그저 주어진 임무에 충실할 뿐입니다."

"재미없는 놈이야 넌."

피식 웃으며 대꾸하는 도현.

우직하리라 만치 자신에게 주어진 일을 끝내 해내고야 말았던 것이 우혁이다.

심지어 그의 사부인 검마 스스로도 불가능할 것이라 생각하고 내렸던 수련을 끝내 해내고야만 것이 바로 우혁이었다.

괜히 신월마검이라 불리는 것이 아니다.

"그래도…… 한 가지 이루어졌으면 하는 것이 있다면 죽는 그 순간까지 도현님의 곁에 있는 것입니다."

조심스레 답하는 우혁을 바라보는 도현.

"그러다가 내가 먼저 죽으면 어쩌려고?"

"그럴 일은 없습니다."

단호하게 답하는 우혁.

그 모습에 도현은 웃을 수밖에 없었다.

"난 말이야. 어떻게 해서든 사부님의 뒤를 이을 생각밖에 하지 않아서 그런지 몰라도 막상 사부님의 무공을 익히고 난 뒤에 뭘 해야 할 지 모르겠어."

"곧 하고 싶은 일을 찾으실 수 있으실 겁니다."

"그렇겠지? 그럴 수 있겠지?"

"예. 제가 본 도현님은 불가능한 일도 결코 포기하지 않으시는 분이셨습니다. 그렇기에 많은 이들이 도현님의 뒤를 따르는 것입니다."

"내 뒤를? 누가?"

"저희가 있지 않습니까. 그리고 천마성의 많은 식구들이 도현님의 등을 바라보고 있습니다. 누구하나 의심하는 이 없이 차후 천마성의 이름을 더욱 드높여 주실 것이라 믿고 있습니다."

묵직한 우혁의 말이 도현의 가슴을 울린다.

지금까지 자신의 일에만 급급해 왔기에 주변을 둘러볼

일이 많이 없던 도현으로선 우혁의 말이 마음 깊이 파고들고 있었다.

"그래…… 이런 나라도 믿어주고 기다려 주고 있는 사람이 있단 것이지."

"예. 진정한 마인은 언제나 당당해야 한다고 사부님께선 말씀하셨습니다. 저 역시 그리 생각합니다. 지금까지 도현님은 충분히 당당하셨고 앞으로도 당당하셔야 합니다."

그 말에 도현은 피식 웃으며 자세를 바로 잡았다.

"춥다. 들어가자."

"예."

그렇게 배 안쪽으로 들어가려는 그 순간이었다.

콰콰쾅—!

콰앙!

엄청난 굉음과 함께 배가 흔들리기 시작했고, 얼마 지나지 않아 동정호 전체가 출렁거린다.

서쪽에서 시작된 굉음은 곧 하늘을 뚫을 듯 강렬한 빛을 쏟아낸다.

"배를 바로 잡아!"

"돛을 내려라!"

선원들이 일제히 뛰쳐나와 배를 바로 잡기 위해 바쁘게 돌아다니는 그때 도현과 우혁의 시선은 서쪽의 빛에서 떨어질 줄 몰랐다.

원형 기둥으로 하늘 높이 솟아 올랐던 빛은 잠시 후 사라졌다.

"봤어?"

"예."

"무황총이다."

天魔飛上

3章.

3 章.

벽검문이라는 작은 문파가 있다.

호남에 자리를 잡은 벽검문은 비록 그 규모는 작으나 중견고수를 꾸준히 배출하는 나름 이름 있는 문파였다.

그런 벽검문에서 가장 유명한 무인을 꼽으라면 우뢰검 유마량이다.

벽검문의 문주로 절정고수에 이른 실력을 바탕으로 벽검문의 영역을 꾸준히 확장하기 위해 노력하는 자였다.

평소 준수한 외모를 자랑하는 그였지만 지금 그의 모습은 거지보다 더 못한 꼴이었다.

우르르릉―.

굉음과 함께 부너지는 동부.

"헉, 헉!"

거친 숨을 내쉬며 산발이 된 머리로 앞을 향해 전력으로 내달리는 우뢰검.

몸 곳곳에 상처가 가득한 그의 오른손엔 부러진 검이 쥐어져 있고 왼손은 가슴에 품은 무엇인가를 소중하게 붙들고 있다.

어딘가 흐를 새라 꽉 붙든 모습이 우습기까지 하지만 그는 미친 듯이 달린다.

조금만 걸음이 느려지면 무너지는 동부의 돌에 깔려 죽을 지경이니 그럴 수밖에 없다.

"크아앗!"

콰쾅─!

비명과 같은 함성을 내지르며 마지막 순간 몸을 앞으로 날리자 마침내 끝이 없을 것 같던 동굴을 탈출하는 그!

그의 뒤로 동부의 입구가 완전히 무너져 내리며 먼지를 피워올린다.

"헉, 헉!"

거칠게 숨을 몰아쉬던 그의 신형이 움찔하더니 재빨리 뒤로 물러선다.

핑─ 파파팍!

허공을 가르는 소리와 함께 정확하게 그가 있던 자리에 박혀드는 화살!

"누구냐!"

"흐, 죽기 싫다면 품 안의 물건을 내놓는 것이 좋을 것이다."

파삭.

수풀을 헤치며 모습을 드러내는 다섯 사람.

그들 중 한 사람이 활을 겨누고 있었다.

"괴살오악!"

"우리를 알고 있다면 물건을 순순히 내놓거라."

웃으며 앞으로 나서는 다섯 사람.

허나 우뢰검이 뭐라 답하기도 전에 그들의 뒤에서 모습을 드러내는 자가 있었다.

"쓰레기 같은 놈들까지 이곳으로 온 모양이군."

"뭣?! 어떤 새끼가……!"

"입이 거칠구나, 애송아."

서컥!

긴말이 필요 없다는 듯 무심하게 휘둘러지는 그의 단월도에 괴살오악의 다섯 형제의 목이 무참하게 떨어져 내린다.

고수라 불리는 괴살오악을 단 일수에 처리할 정도의 실력에 쉽게 보기 힘든 단월도.

우뢰검의 머릿속에 전대의 인물 중 한 사람이 스쳐지나 간다.

"혈월도!"

"클클클, 아직도 노부의 이름을 기억하는 놈들이 있었다니. 제법이로구나! 그런 의미에서 그 물건을 내놓으면 목숨을 살려주마."

제법 큰 단월도를 아무렇지 않은 듯 휘두르며 모습을 드러내는 노인.

검버섯이 핀 얼굴에서 짙은 살기가 느껴진다.

"은퇴하여 더 이상 모습을 보이지 않던 분께서 이까지 무슨 일이시오?"

"클클, 산골에 틀어박혀 죽을 날만 기다리던 노부의 귀에도 네 손에 들린 물건의 소식이 들어오더구나. 자, 더 나불거리지 말고 물건이나 내놓거라."

꾸욱.

혈월도의 말에 우뢰검은 물건을 꽉 쥐었다.

이것을 손에 넣기 위해 문파의 제자들이 무수히 죽음을 맞이했다.

그들을 위해서라도 반드시 이 물건을 지켜야만 했다.

"클클, 욕심에 눈이 멀었구나. 실력이 되지도 않는 놈이."

천천히 단월도를 들어 올리며 다가서는 혈살도를 보며 우뢰검은 이를 악물었다.

나름 명성을 얻은 우뢰검이지만 혈살도에 비한다면 조

족지혈이다.

지금 같은 상황에서 그가 선택 할 수 있는 것은.

팟!

도망치는 것뿐이다.

"어딜 가는 것이냐!"

쾅!

굉음과 함께 자신의 뒤를 바짝 쫓아오는 혈살도를 보며 그는 이를 악물었다.

허나, 거리는 점점 좁혀져만 간다.

핑.

"어?"

아주 작은 소리와 함께 눈앞에 무엇인가가 빛난다 싶었던 순간, 우뢰검은 보았다. 자신의 몸이 앞으로 달려가며 쓰러지는 것을.

그것이 그의 마지막이었다.

"어떤 놈이냐!"

"늙은이. 움직이면 죽을 것이다."

스스슥.

피를 뿜어내며 부르르 떠는 우뢰검의 시신의 앞에 모습을 드러내는 흑의 복면인.

그와 함께 숲 전체에서 빛을 반짝이며 조금씩 드러나는 가느다란 실.

"은사? 네놈…… 살막과 무슨 관계냐!"

"꺼져라 늙은이."

짧은 냉소와 함께 죽은 우뢰검의 품에서 목함 하나는 꺼
내드는 그를 보며 혈살도는 단숨에 내공을 끌어 올리며 단
월도를 휘둘렀다.

"내놔라! 그것은 내 것이다!"

콰콰콰!

그의 막대한 내공으로 만들어낸 도기가 숲을 뒤엎는다!

"엄청난 인원이로군."

배 위에서 상황을 지켜보고 있던 도현의 말에 우혁은 고
개를 끄덕이며 주변을 살피는 것을 게을리 하지 않는다.

빛이 번쩍이고 얼마 지나지 않아 무수히 많은 배들이 빛
이 솟아났던 곳을 향해 일제히 움직이기 시작했다.

뭍에서 가까운 곳에 배를 띄웠던 자들 중 일부는 배를
빼앗기기도 했다.

가라앉을 정도로 많은 인원이 올라탄 배들이 연이어 움
직인다.

그들 중엔 배가 가라앉으려 하자 새로운 배를 찾아 눈을
번뜩이는 이들이 있었는데, 그들의 눈에 들어온 것이 도현
들이 타고 있는 배였다.

"접근하는 자들이 있습니다."

"흠, 배를 빼앗기 위해서인가?"

"그런 것 같습니다."

"하긴 이런 큰 배가 주변에 많은 것 같진 않으니."

태연하게 말을 주고받는 두 사람이지만 선원들은 접근해오는 무림인들을 보며 한 것 긴장한 상태였다.

천하전장이 천마성에서 운영하는 곳은 맞지만 천마성의 무인이 파견되어 있는 곳은 아주 소수였고, 대부분은 일반인들을 고용하여 운영되고 있었다.

이곳 악양지부라고 해서 크게 다를 것은 없었다.

"녀석들은?"

"잠들어 있습니다만, 깨울까요?"

우혁의 말에 도현은 고개를 저었다.

오랜만에 편한 마음으로 술을 마시고 잔뜩 취해 잠든 것인데 이런 일로 깨우기는 미안했다.

"적당한 선에서 막아."

"알겠습니다."

고개를 숙이곤 곧 뱃머리를 향해 움직이는 우혁.

우혁과 달리 도현의 눈은 저 멀리 사람들이 향하고 있는 섬에서 떨어지지 않았다.

뱃머리에 도착한 우혁은 자신의 검을 빼어 들었다.

천마성에 거주하는 명장이 정성을 기울여 만든 검으로, 오랜 시간 우혁의 팔이 되어준 녀석이었다.

우웅―!

내공을 집중시키자 푸른 검기가 흘러나오기 시작한다.

"후읍!"

짧게 숨을 들이키며 수면을 향해 검을 휘두른다!

퍼퍼펑! 펑!

동정호의 수면을 거침없이 가르며 사방으로 튀어 오르는 물!

갑작스런 상황에 다가서던 배의 움직임이 멈춘다.

다른 것도 아니고 검기로 벌인 일이다.

눈이 이상하지 않고서야 이 밤에 푸른빛이 일렁이는 검기를 잘못 볼 리 없는 것이다.

검기를 능수능란하게 사용할 정도면 충분히 절정에 이른 고수라고 봐야 하기 때문에 조각배가 방향을 돌리기 시작했다.

만만하게 보고 왔다가 그렇지 않다는 것을 알고는 꼬리를 빼는 것이다.

"흠!"

허나 모두가 꼬리를 빼는 것은 아니었다.

개 중 몇몇은 오히려 자신 있는 것인지 거침없이 배를 향해 다가서고 있었다.

'역시 이 정도로는 안 되는 건가.'

잠시 도현을 슬쩍 바라본 우혁의 눈에 살기가 감돈다.

마인으로서 아직 완성되지 못한 도현이다. 실전 경험은 겨우 한 번이고 누군가를 죽여 본 적도 없다.

이제까지 우혁은 천마성의 임무를 통해 몇 차례고 살인을 저지른 일이 있었다.

그렇기에 아직 누군가를 죽여보지 못한 도현의 앞에서 누군가를 죽이는 모습을 보이지 않기 위해 최대한 노력했다.

'그보다 참 오랜만에 조용한 시간을 보내는 가 싶었는데.'

그러고 보니 도현과 우혁 두 사람만이 있는 것은 무척이나 오랜만의 일이었다.

은근히 지금의 시간을 즐기고 있던 우혁이기에 방해꾼들에게 살심이 솟구치는 것은 어찌 할 수 없었다.

스슥!

퍼퍼펑!

우혁의 검이 가볍게 움직이자 수면이 폭발하며 배의 진로를 막아간다.

하지만 놈들은 이리저리 잘도 피하며 쉴 새 없이 접근하고 있었다.

"이 정도론 안 되는군."

생각해보면 무황의 무공을 얻기 위해 무림에서 날고 긴다는 자들이 전부 왔을 터다. 당연히 우혁의 검기를 보고서도 쉽게 물러서지 않을 자들도 있을 터였다.

거기까지 떠올린 우혁은 어쩔 수 없다는 듯 검기를 날리는 것을 멈추고 배의 갑판으로 자리를 옮겼다.

"선원들은 전부 배 안으로 들어가라."

우혁의 한 마디에 두려움에 찬 눈으로 그를 보고 있던 선원들이 재빨리 배 안으로 들어가 버린다.

여전히 섬에서 눈을 떼지 않고 있는 도현.

어느 사이 배 가까이까지 온 놈들이 몸을 날려온다.

파팟!

처척! 척!

배에 올라선 인원은 모두 셋이었는데, 비슷한 회색 무의를 입고 있었다.

"배를 비워라! 지금부터 우리 검악삼군이 이 배를 쓰겠다."

"검악삼군? 아아……."

검악삼군의 첫째의 말에 우혁은 즉시 그들의 정체를 알 수 있었다.

검악삼군은 사파의 고수로 그 실력은 뛰어나지만 성정이 지랄 맞기로 유명했다.

뿐만 아니라 무림에서도 쉬이 볼 수 없는 세 쌍둥이로도 유명했는데, 쌍둥이의 이점을 한 것 살려 펼치는 그들의 합격진은 무림에서도 손에 꼽히는 절기였다.

개개인으로도 절정에 이른 고수였기에 검악삼군을 쉬이 볼 수 없었다.

허나 우혁은 놈들의 말에 표정의 변화 하나 없이 말했다.

"사부님께서 말씀하시길 쓰레기 같은 놈들이라고 하셨지."

"뭐, 뭐?! 감히 우리 검악삼군을 뭐라 생각하고! 네놈의 사부가 누구인지 몰라도 네놈을 이 자리에서 죽이고 네놈의 사부에게도 그 책임을 물을 것이다!"

급격히 흥분하며 나서는 검악삼군의 막내.

얼음장처럼 차가워진 우혁은 말없이 검을 들었고, 그에 놈들이 달려들었다.

챙-!

달려드는 셋째의 검을 막아내자 연이어 허리와 다리를 노리고 첫째와 둘째의 검이 날아든다.

이제 우혁은 침착하게 발을 놀리며 검을 빠르게 놀렸다.

카캉! 캉!

불꽃을 튀기며 공격을 막아내며 뒤로 물러서는 우혁!

물러서긴 했지만 우혁의 얼굴에선 실력으로 뒤진다는 감정은 조금도 찾아 볼 수 없었다.

오히려 예리하게 빛나는 그의 눈이 더욱 매서워졌다.

'사부님에게 들은 이들의 약점은 항상 세 번째 공격이 좌측에서 날아온 다는 것이지.'

이미 검마에게서 이들에 대해 이야기를 들은 기억이 있는 우혁이다.

특히 검마는 이들의 약점에 대해 이야기 해주었는데 그것을 똑똑히 기억하고 있는 우혁이었다.

카캉!

다시 시작된 첫 번째 공격을 검으로 튕겨낸 우혁의 움직임이 허리를 향해 날아드는 검을 보곤 기묘하게 보법을 밟으며 뒤로 물러선다.

딱 한걸음에 허리춤을 스쳐지나가는 검.

기다렸다는 듯 좌측에서 튕기듯 검이 솟아오른다.

'지금!'

고수들의 싸움에서 어떤 방향에서 검이 날아올 것이란 것을 아는 것은 큰 이득이다.

아니, 싸움의 행방을 완전히 뒤바꿔 버릴 정도로 큰 사건이다.

휘릭.

몸을 회전시키며 재빨리 공격을 피해낸 우혁의 검이 푸른 검기를 토해내고!

"핫!"

힘찬 기합과 함께 그의 검이 둘째의 몸을 가른다.

콰드득!

기분나쁜 소리와 함께 피를 내뿜으며 쓰러지는 둘째.

왜 자신이 쓰러지는 것인지 이해하지 못한 채 죽어가는 그를 두고 첫째와 셋째가 깜짝 놀랐지만, 그보다 먼저 우혁의 검이 차례로 그들의 목을 베고 심장을 꿰뚫는다.

갑작스런 상황에 멈칫거리는 순간을 놓치지 않은 것이다.

"너, 너…… 검마의…… 제자……."

심장을 꿰뚫린 첫째가 피를 흘리며 짧게 말하지만 하고 싶은 말을 다 끝내지 못한 채 죽음을 맞는다.

차가운 얼굴로 검을 뽑아낸 우혁은 재빨리 시신들을 배 밖으로 내다 버렸다.

도현에게 시신을 보여주고 싶지 않았기 때문이다.

첨벙하는 요란한 물소리와 함께 도현의 뒤쪽에 자리하는 우혁. 그것을 눈치 챈 것인지 도현이 잠시 우혁을 보았다가 곧 다시 눈을 돌린다.

바람결에 실려 오는 피 냄새가 코끝을 간지럽힌다.

"많이도 가네. 더 접근하는 자들은?"

"일단은 없습니다."

"다행이네."

두런두런 말을 주고받고 있을 때 저 멀리 섬이 소란스러워지기 시작했고, 곧 그 소란함이 이곳까지 전달된다.

"이제 시작인 모양이네."

씩하고 웃는 도현.

더욱 빨라지는 주변의 배를 보고 있던 우혁은 곧 도현에게 말했다.

"슬슬 뒤로 물러서는 편이 좋을 것 같습니다."

"그래. 괜한 불똥이 튀기 전에 뒤로 빠지는 게 좋겠지. 사부님께도 조용히 구경만하고 오기로 약속했으니."

도현의 대답에 우혁은 즉시 선원들을 불러 올려 배를 움직이게 만들었다.

모두가 섬으로 향하는 상황에서 도현이 탄 배만 그들과 반대로 악양으로 향하는 모습에 지나가던 무인들이 잠시 쳐다보지만 그뿐이다.

검기로 배에 접근하는 자들을 막아서는 것을 보았기 때문이다.

촤아아.

동정호의 물살을 가르며 움직이는 배.

"얼마나 갈까?"

"뭐가 말입니까?"

갑작스런 물음에 우혁이 되묻는다.

"저 소란이 말이야."

"주인이 정해지려면 며칠은 걸리지 않겠습니까? 길면 열흘도 넘게 걸리겠지요. 사황성이나 백도맹이 나서고 나서야 조용해지지 않을까 싶습니다."

우혁의 답변은 모두가 예상하고 있는 것이었다.

그렇기에 그들이 움직이기 전에 물건을 손에 쥐기 위해 많은 자들이 움직이고 있는 것이다.

아무리 개인의 실력이 좋다 하더라도 사황성과 백도맹의 힘 앞에서는 아무것도 아니게 될 테니까.

괜히 무림을 삼분하고 있는 것이 아니다.

그 어디에 숨는다 하더라도 어렵지 않게 찾아낼 능력자들이 빼곡하게 들어차 있는 곳이 사황성과 백도맹이었다.

"난 좀 다르게 생각하는데 말이야."

"어떻게 말입니까?"

"저 소란이 가라앉는 데는 삼일을 넘지 않을 거야."

"삼일…… 말입니까?"

확신을 하는 도현을 멍하니 바라보는 우혁.

때마침 배가 선창에 도착하자 자리에서 일어서며 도현은 우혁에게 말했다.

"무황의 비급을 손에 넣을 수 있는 기회를 자리에 앉아서만 기다리고 있을 것이라곤 생각되지 않잖아. 정, 사파를 넘어서 그들에게도 욕심은 존재하니까."

배에서 내리며 도현의 손가락이 한 곳을 가리킨다.

쏴아아!

거친 포말을 일으키며 꽤 많은 선단이 단체로 움직인다.

도현들이 타고 있는 배보다 훨씬 더 큰 것으로 쉽게 조달 할 수 없는 것들이었다.

문제는 그들뿐만 아니라 다른 쪽에서도 비슷한 규모의 선단이 모습을 드러냈다는 것이다.

펄럭, 펄럭!

배의 가장 높은 부분에 매달려 힘차게 펄럭이는 표식.

사황성과 백도맹의 것이었다.

"저들이 벌써?!"

깜짝 놀라는 우혁에게 도현은 저들을 비웃으며 말했다.

"말했잖아. 욕심이 많은 자들이라고."

족히 열 척은 되는 선단을 꾸린 백도맹의 배에는 모두 합쳐 수백에 이르는 무인들이 타고 있었다.

하나하나가 일류 이상의 무인들로 백도맹의 정예인 백호대였다.

백도맹에는 크게 네 부류로 무력부대를 분류하고 있었는데, 각각 청룡, 백호, 주작, 현무로 나뉜다.

청룡대는 백도맹주 직속의 무력부대로 소속이 없는 자들로 구성되어 있었다. 오직 백도맹주만이 이들을 움직일 수 있었고, 누구의 명령도 듣지 않는 것이 이들이었다.

이에 반해 백호대는 오대세가를 축으로 각 세가들의 무인들이 집결해 있었고, 주작대는 구파일방의 무인들

이. 현무대는 그 외의 중소문파들이 모여 만들어진 곳이
었다.

이들 외에도 몇몇 무력부대가 존재하긴 했으나 실질적
으로 백도맹의 주력 무력부대는 이들이 전부라고 봐야
했다.

그런 백호대가 움직였으니 백도맹에서 이번 일에 얼마
나 신경을 쓰고 있는 것인지 단번에 알 수 있을 정도다.

"대주님 좌측에 사황성 놈들입니다."

수하의 보고에 백호대주 정의검(正義劍) 팽연호의 시선
이 좌측으로 향한다.

과연 자신들에 못지않은 규모의 사황성의 배가 빠른 속
도로 움직이고 있었다. 더 보지 않아도 자신들과 목적지가
같음을 알 수 있었다.

"속도를 올려라. 놈들보다 먼저 도착해야 한다."

"예!"

즉시 고개를 숙이며 뒤로 달려가는 수하.

얼마 지나지 않아 배의 속도가 조금 더 빨라지기 시작했
다. 하지만 때를 맞추어 사황성의 배들도 빨라지기 시작해
서 양측의 선단이 비슷한 속도를 유지하며 전진한다.

"지겨운 놈들. 이런 곳까지 따라붙다니."

마음에 들지 않는 듯 사황성의 배를 보며 중얼거리는 정
의검.

정파에선 정의검으로 불리며 이름이 드높은 그이지만 반대로 사파와 마도인들에겐 살인검이라 불리며 악명 높았다.

정파인이 아닌자들에겐 혹독하게 대하는 자가 바로 그였으니까.

수많은 자들이 정의검을 죽이기 위해 나섰지만 이제까지 누구도 그를 죽이지 못했다.

이유는 단순했다.

그가 강하기 때문이다.

단적으로 오대세가의 무인들이 모인 집합체인 백호대를 이끌고 있는 것만 보더라도 알 수 있는 사실이다.

정의검은 비록 방계이지만 그 능력과 재능을 인정받아 호북팽가의 정통 무공을 익힐 수 있었다.

비록 백도맹의 일로 인해 백호대에 발이 묶여 있지만 가문으로 돌아가면 장로의 직위에 오르는 것은 시간문제일 정도로 뛰어난 실력을 자랑하는 것이 바로 그였다.

"대주님. 저놈들 아무래도 구유혈랑대(九幽血狼隊) 같습니다."

"뭐?!"

소리를 드높이며 재빨리 놈들을 쳐다보는 정의검.

구유혈랑대는 사황성의 무력부대 중의 하나로 백호대와 사사건건 부딪치는 일이 잦은 자들이었다.

특히, 구유혈랑대를 이끌고 있는 귀곡검(鬼哭劍) 여랑과는 오랜 숙적이었다.

비슷한 실력을 가지고 있을 뿐만 아니라 연배까지 비슷하고, 자주 부딪치니 서로에 대한 감정이 좋을 리 없다.

"구유혈랑대가 분명하군. 당장 준비시켜! 놈들에게 뒤지는 놈들은 가만두지 않겠다!"

"명!"

정의검의 외침에 백호대 무인들이 빠르게 움직이기 시작했다. 당장이라도 명령이 떨어진다면 배에서 뛰어내리기라도 할 듯 했다.

하지만 섬까지의 거리가 아직도 제법 남은 상태.

그때 정의검의 눈에 아직도 섬으로 향하고 있는 배들이 보였다.

"모두 나를 따른다!"

휘익!

짧은 외침과 함께 배에서 몸을 날리는 그!

정의검의 신형이 어두운 동정호의 물에 빠지려는 순간 그의 발이 열심히 움직이던 나룻배를 밟더니 앞으로 쏜살같이 날아간다.

기다렸다는 듯 그것을 확인한 백호대의 무인들이 빠르게 나룻배들을 밟으며 움직이기 시작한다.

그에 구유혈랑대 역시 뒤쳐지지 않기 위해 빠르게 배에

서 뛰어내리기 시작했다.

일이 커지고 있었다.

철렁, 철렁.

모두가 달려가는 섬에서 멀지 않은 곳에 온통 검은색으로 칠을 해 육안으로 잘 보이지도 않는 작은 배가 한 척 떠 있다.

한 자리에서 움직이지 않는 배.

스윽.

배에서 흑의인이 천천히 일어선다.

어디하나 노출되지 않도록 완벽하게 모습을 감춘 그는 어두운 상황에서도 침착하게 배에서 전서구를 꺼내 날린다.

이미 전서구에는 준비되었던 편지가 매달려 있기에 막힘없이 빠르다.

보통의 전서구는 밤에 활동을 하지 않는다.

전서구 자체가 비둘기를 훈련시켜 사용하는 것이라, 포식자들이 많이 활동하는 밤에는 아무리 훈련을 시켜도 잘 움직이지 않았다.

본능적으로 야간 비행을 무서워하는 것이다.

하지만 놈은 특수한 훈련을 받은 것인지 기다렸다는 듯 밤하늘을 힘차게 날아오른다.

날아가는 전서구를 잠시 살피던 그는 다시 자리에 엎드리며 섬을 관찰하기 시작했다.

푸드덕!

날개 짓하며 날아드는 전서구의 발목에서 서찰을 꺼내어 든 사내는 즉시 내용을 읽곤 발걸음을 옮긴다.

한참을 움직인 끝에 그는 한 사람의 발 앞에 엎드릴 수 있었다.

"사황성과 백도맹이 섬으로 향했다고 합니다."

"상황은?"

"현재 비급이 외부로 빠져나와 그것을 차지하기 위한 싸움이 치열하다 합니다. 화약고와 같은 상황이 된 곳이기에 두 세력이 힘으로 제압하지 않는 이상 쉽지 않을 것입니다."

"흠…… 무황총은 어떻게 되었지?"

"입구가 무너져 내렸습니다."

보고를 듣고만 있던 그가 자리에서 일어서며 말했다.

"지속적으로 상황을 살피도록. 이번 기회에 반드시 놈들이 부딪치게 만들어야 한다."

"존명!"

홀로 방에 남자 그는 천천히 창가로 걸음을 옮긴다.

"십년을 찾아 헤매었으나 결국 찾질 못했으니 인연이

아닌 셈이지. 내 손에 넣을 수 없는 이상 누구도 손에 넣을
수 없는 것이고."

달빛에 천천히 그의 얼굴이 드러난다.

젊은 사내다.

꽤 준수하게 생긴 얼굴이지만 어딘지 모르게 꺼리게 되
는 분위기가 가득하다.

"이제 곧 본교가 움직이기 시작할 것이다. 그때가 되면
세상의 모든 것을 쓸어버릴 것이다."

콰직!

그의 손에 창틀이 허무하게 부서져 나간다.

◑

쨱쨱.

아침을 알리는 새소리와 함께 식당으로 모두가 모였다.

어제의 숙취가 완전히 가시지 않은 것인지 얼굴을 찡그
리는 그들을 보며 도현은 피식하고 웃지 않을 수 없었다.

술을 마시고 바로 내공으로 몰아내지 않으면 주독 때문
에 자고 일어나서 몰아내더라도 지끈거리는 두통은 어찌
할 수 없기 때문이다.

평소 술을 좋아하는 마광호가 쓰러질 정도로 마셔댔으
니 다른 이들은 주량을 한참도 전에 뛰어넘은 것이다.

"형님, 저희가 어제 뭐 실수한 것은 없지요?"

아픈 머리를 부여잡고 묻는 단리한에게 도현은 고개를 끄덕이며 입을 열었다.

"별일 없었으니 걱정들 하지 마. 숙취에 좋은 음식들로 마련해 달라고 했으니 먹고 쉬면 금방 괜찮아질 거야."

"감사합니다."

미리 자신들을 생각해 음식을 주문해 놓은 도현에게 감사 인사를 전하고 얼마 되지 않아 아침상이 들어온다.

지부장이 꽤나 신경을 쓰는 것인지 아침임에도 불구하고 호화스런 음식들이 잔뜩 상에 놓인다.

조용히 아침 식사를 마치고 상위로 차가 놓이자 그제야 두통이 좀 가시는 듯 광호가 입을 열었다.

"어제는 정말 오랜만에 제대로 마셔본 것 같습니다. 기억이 나지 않을 정도로 마신 것은 사부님과 마신 뒤로 처음인 것 같은데 말입니다."

"어제는 너무 많이 마셨다. 다음에는 신경 쓰도록."

"끄응…… 알겠습니다."

가볍게 말을 던졌다가 우혁의 날카로운 말에 본전도 챙기지 못하고 고개를 숙이는 광호를 보며 모두가 웃음을 터트린다.

"그보다 아침부터 꽤 많은 소식이 날아드는데 안 움직이실 겁니까?"

"머리 아픈 와중에도 들을 건 다 듣고 다니는 모양이네."

"병이죠, 병."

머리를 긁적이는 광호.

"그래서 무슨 소식이 있지?"

"에…… 역시 제일 큰 소식으론 무황의 비급이 밖으로 나온 것이고, 그 다음이 사황성과 백도맹이 힘겨루기를 시작했다는 것이겠죠. 현재 비급은 다른 자의 손에 있는 것 같은데, 그 자를 중심으로 싸우고 있는 모양입니다."

"다른 자들의 반응은?"

"좋지 않습니다. 하지만 아시다시피 워낙 힘이 좋은 곳이다 보니 다들 뒤로 물러서는 분위기 입니다."

광호의 말에 도현은 고개를 끄덕인다.

이미 예상했던 바였다.

아무리 개인의 실력이 좋아도 사황성과 백도맹이란 거대한 단체를 상대로 싸울 엄두를 못 낼 것이다.

물론 그 중에 목숨을 걸고 무황의 비급을 손에 넣으려는 자들도 분명 있을 것이지만, 그곳에 모인 전력을 생각한다면 결코 쉬운 일이 아니었다.

"사황성과 백도맹에선 누가 나왔지?"

미처 거기까지 생각하지 못했던 듯 도현이 묻자 이미 알아둔 바가 있는 듯 광호가 즉시 답했다.

"사황성에선 구유혈랑대가 나왔고, 백도맹에선 백호대가 나왔습니다. 서로 비교되는 곳이니 꽤 재미있는 싸움이 벌어질 것 같습니다."

"구유혈랑대와 백호대. 양쪽에서 제법 신경을 썼는데?"

"일단 무황의 비급이 걸린 문제이니까요. 아마 양쪽 모두 판단을 내리기는 저희와 크게 다를 것이 없었을 겁니다. 그럼에도 불구하고 저들이 움직일 수밖에 없는 것은 내부의 반발 때문이죠. 덕분에 저희야 구경만하면 되니 좋지만요."

목이 마른 듯 미지근하게 식은 차를 단숨에 들이키는 광호를 보며 도현은 조용히 찻잔을 든다.

슥.

차를 다 마시고 나서야 자리에서 일어서는 도현.

"그럼 우리도 구경을 가볼까?"

다시 천하전장의 배가 동정호에 떠오른다.

배가 한참을 움직인 끝에 도착한 섬은 배를 접안할 수 없을 정도로 많은 배들이 섬을 둘러싸고 있었다.

작은 조각배들은 물론이고 큰 배들까지 동정호에 존재하는 대부분의 배가 이곳으로 온 것과도 같은 착각을 일으킬 만큼 많았다.

"엄청나네요."

배 위에서 멀리 떨어진 섬을 보며 단리한이 혀를 내두른다.

이곳에서 더 접근하면 혹시나 일에 휘말릴까봐 이곳에서 머무르는 것이지만 섬을 살펴보기에 충분한 거리였다.

저 많은 배에 올라타 있는 사람이 거의 없음이니, 작은 섬에 얼마나 많은 이들이 있는 것인지 짐작 할 수 없을 정도인 것이다.

"네가 뛰면 얼마면 돌아볼 수 있겠어?"

단리한의 물음에 마광호는 잠시 생각하곤 답했다.

"일각이면 충분하지. 애초에 그리 큰 섬인 것도 아니고, 내 발걸음이 워낙 빨라야지."

슬쩍 자신을 자랑하며 이야기하는 모습에 단리한은 대꾸할 가치도 없다는 듯 코웃음을 친다.

"발은 빠른데 일처리가 느린 것이 단점이지."

"큭!"

"저 정도면 얼마나 올라갔을 것 같냐?"

"쳇! 족히 이천 명은 가지 않았을까 싶다. 저 숲만 아니었다면 빼곡하게 들어찬 모습이 한 눈에 보였겠지."

광호의 대답에 단리한은 고개를 끄덕이며 주변을 돌아본다.

섬에 상륙하는 과정에서도 싸움이 제법 있었던 모양이다.

이곳저곳에 떠다니는 시신과 부서진 배의 흔적들이 널려 있었다.

"형님, 이제 어떻게 하실 겁니까?"

광호의 물음에 도현은 피식 웃으며 답했다.

"더 들어가고 싶어도 옆에 저승사자가 있어서 못 움직이겠는데?"

손가락으로 우혁을 가리키며 말하자 모두가 크게 웃는다. 당사자인 우혁만이 무표정한 얼굴로 도현을 바라본다.

웃으며 말했지만 도현은 더 이상 움직일 생각이 없었다.

사부인 패마와 이 일에 개입하지 않기로 약속을 했을 뿐만 아니라, 개인적으로도 무황의 비급에 아무런 관심이 없었던 것이다.

그럼에도 불구하고 도현이 이곳까지 온 것은 이번 사건에서 기묘한 냄새를 맡았기 때문이었다.

조용하던 무림에서 사황성주와 백도맹주가 기습을 당하고 얼마 지나지 않아 기다렸다는 듯 무황의 비급이 발견되었다.

물론 무황총의 발견 과정이 제법 자연스러웠다는 것은 이미 정보를 통해 알고 있지만, 그렇다 하더라도 부자연스러운 것은 어쩔 수 없는 일이다.

도현은 자신이 상대했던 놈들을 의심하고 있었다.

'지독한 놈들. 끝내 입을 열지 않고 틈이 나자 자결했다고 했나?'

그날 포로로 잡았던 이들은 끝내 입을 열지 않고, 잠시간의 빈틈만으로도 쉽게 자결을 했다.

마치 그래야만 한다는 듯이.

그만큼 많은 훈련을 거쳤다는 것이겠지만, 놈들의 지독함에 대해서는 아주 잘 알 수 있었다.

어쨌거나 놈들이 무엇을 꾸미고자 하는 것인지 도현은 자신의 눈으로 직접 보기를 원했고, 그 뜻을 헤아린 패마가 순순히 내보내 준 것이다.

물론 패마라고 해서 그냥 내보낸 것은 아니었다.

이미 천마성의 수많은 비선들이 중원 전역에서 활발하게 활동하고 있었다.

놈들이 이곳에 눈을 돌려놓고 다른 일을 벌이는 것은 아닌지를 감시하기 위함이다.

그만큼 천마성에서도 놈들에 대해 많은 것을 신경 쓰고 있었다.

"일단 상황이 종료될 때까지 이 자리에 있어야지. 혹시 모르는 일이니 언제든 이곳을 빠져 나갈 수 있도록 준비하고."

"알겠습니다."

도현의 말에 광호는 고개를 끄덕이곤 선원들에게 이야

기를 전하기 위해 자리를 비운다.

쿠구구!

그때 거대한 울림소리와 함께 섬이 흔들린다 싶더니 동정호의 수면이 출렁이기 시작했다.

"무슨 일이지?"

출렁이는 배 위에서도 도현은 섬에서 눈을 때지 않았다.

우르르릉!

"큭!"

갑작스레 흔들리는 강렬한 진동에 자리에 서 있는 무인들 대다수가 중심을 잡지 못하고 쓰러진다.

어지간하면 자리에서 버틸 테지만, 섬 전체가 흔들리는 듯 요란한 통에 버틸 수가 없었다.

이곳저곳에서 비명과도 같은 소리가 들린다.

넘어지며 피를 흘리고 있는 시신들 위로 쓰러진 사람들이 내지르는 비명이다.

그런 와중에도 재빨리 자세를 바로 잡는 자들이 있었는데, 바로 백호대와 구유혈랑대였다.

서로를 눈앞에 두고 추한 꼴을 보일 수 없다는 자존심에 아직 지진이 완전히 가시지 않았음에도 일어선 것이다.

다행이 지진은 금세 멈추었지만, 섬을 빼곡히 채우고 있던 대다수의 무인들이 쓰러졌다.

그리고 그 순간을 놓치지 않는 한 사람이 있었다.

투확!

강하게 땅을 박차며 날아오르는 노인!

"서라!"

"잡아라!"

재빨리 백호대와 구유혈랑대의 무인들이 노인의 뒤를 쫓는다.

강렬한 살기를 뿌리며 자신의 뒤를 쫓는 놈들을 보며 노인, 무영신투(無影神偸)는 이를 악물었다.

그 별호와 같이 경공으로만 따지자면 천하에서도 내놓으라 하는 그이지만, 이곳은 좁디좁은 섬이다.

빠른 발을 선보일만한 장소가 아닌 것이다.

무영신투는 별호에 어울리듯 경공과 은신술을 특기로 하는 자로 무림에서도 꽤 이름이 높은 자였다.

비록 하는 짓은 도둑질이지만 도둑질 한 것들을 못사는 백성들에게 베푸는 것으로 유명했다.

도둑질의 대상도 악행이 심한 자들에게 국한되어 있다보니 많은 이들이 칭찬을 하는 것이다.

그런 그에게도 고민이 있었으니, 경공과 은신술을 제외하면 쓸만한 무공이 없다는 것이다.

도둑질을 하며 무수히 많은 위험에 처했지만, 그때마다 몸을 빼는 것이 전부였다.

그가 익히고 있는 무공으론 누군가와 검을 겨룬다는 것 자체가 불가능에 가까웠던 것이다. 그렇기에 욕심을 부려 이 자리에 참여한 것이고 그 과정에서 손에 넣을 수 있었다.

무황의 비급이 담긴 것으로 추정되는 목함을.

워낙 치열한 싸움이 이어지다 보니 목함을 열어보지 못했던 것이다.

'무슨 일이 있어도 이곳을 빠져나가야 한다!'

쐐애액!

엄청난 속도로 움직이며 짧은 시간이지만 추격자들의 발을 떨쳐낸 그는 재빨리 배가 있는 곳으로 움직였다.

"찾았다!"

"무조건 잡아!"

거의 동시에 백호대와 구유혈랑대가 무영신투를 따라잡는다.

아무래도 짧은 거리다보니 시간을 벌었다고 해봐야 찰나의 시간 정도 밖에 되지 않는 것이다.

이 정도라면 배에 올라타더라도 충분한 거리를 벌리기 전에 따라 잡힐 확률이 아주 높았다.

"젠장!"

이를 악물며 그는 잠시 뒤를 보곤 재빨리 배들이 가득한 곳으로 몸을 던진다.

파팟! 팟!

마치 징검다리를 건너듯 배를 밟으며 빠르게 뛰어넘는다.

어떻게든 가장 끝자리에 위치한 배를 타고 섬을 빠져나가는 것만이 그에게 남은 희망이었다.

허나, 그 희망을 망가트리기라도 하려는 듯 백호대와 구유혈랑대 뿐만 아니라 섬을 가득 채우고 있던 모든 무인들이 발빠르게 배를 향해 달려오고 있었다.

이대로라면 배를 탄다 하더라도 뭍에 오르기 전에 붙잡힐 것 같았다.

힘이 없는 자는 보물을 가지고 있는 것만으로 화를 입는다.

그것이 무황의 비급이라면 두 말 할 것도 없다.

자신이 무황의 진전을 잇기라도 하지 않는 이상 저들에게 목함의 소유권을 설명한다고 한들 믿어 줄 리가 없었다.

'어떻게, 어떻게 한다?'

빠르게 움직이는 와중에도 그의 눈이 사방을 훑는다.

그때 무영신투의 눈에 꽤 멀리 떨어진 곳에 정박을 하고 있는 커다란 배가 보였다.

특히 배 위에 선원들이 있는 것이 당장이라도 움직일 수 있는데다, 그 거리가 자신이라 하더라도 아슬아슬한 위치에 있어서 일단 오르기만 한다면 충분히 도망 칠 수 있을 것 같았다.

으득!

이를 악문 무영신투는 한 층 더 속도를 끌어 올린다.

파바밧!

마지막 배를 밟고 허공으로 날아오르는 순간 배가 부서진다.

'제발, 제발!'

"닿아라!"

꽈당탕!

요란한 소리와 함께 무영신투가 배에 올랐다.

갑작스레 배를 향해 몸을 날려 오는 노인을 보며 도현은 광호를 쳐다보았다.

유명한 자라면 광호가 알고 있을 것 같았기 때문인데, 노인의 얼굴을 본 광호가 즉시 대답해 주었다.

"무영신투입니다. 다른 실력은 별로인데 경공과 은신술에 있어선 중원에서도 손에 꼽는 실력을 지니고 있습니다. 뭐, 그래봐야 제게 상대나 되겠습니까? 크하하하!"

마지막을 자신의 자랑으로 마치는 광호를 외면한 도현은 재미있는 얼굴로 지켜보았다.

도저히 닿을 수 있는 거리가 아닐 것 같았다.

허나, 기적적으로 그는 배에 닿을 수 있었다. 균형을 잡지 못해 구르긴 했지만, 저 멀리서 멍하니 배를 바라보고 있는 무인들을 생각하면 충분히 그럴만한 가치가 있었다.

'이 배의 주인은?'

넘어졌던 자세를 잡으며 재빨리 주변을 살핀 무영신투의 눈에 도현이 띈다.

그 순간 그의 신형이 도현을 붙잡기 위해 움직였다.

슥.

달려드는 무영신투의 앞을 가로막으려 움직이는 우혁에게 손짓으로 멈추게 한 도현.

척!

"배를 움직여라! 당장!"

짧은 순간에 도현을 등 뒤에서 끌어안으며 목에 검을 들이대는 무영신투.

그 모습에 모두들 혀를 찬다.

죽고 싶어 용쓰는 것처럼 보이는 까닭이다.

하지만 더 우스운 것은 거기에 장단을 맞추는 도현이었다.

"뭐, 뭣들 하는 것이냐! 당장 배를 움직여라! 이 칼이 보이지 않는 것이냐!"

두려움에 가득 찬 목소리로 외치며 우혁들을 향해 눈을 살짝 감아 보이는 도현.

"당장 배를 돌려라!"

재빨리 광호가 장단을 맞추며 얼어붙은 선원들에게 명령을 내렸고, 즉시 배가 움직이기 시작했다.

돌아선 광호의 얼굴에는 재미있다는 표정이 역력하다.

"악양 아니…… 군산으로 가자! 서둘러!"

목에 바짝 검을 들이밀며 외치는 무영신투.

그 모습에 우혁의 몸이 움찔움찔하지만 도현의 눈짓에 움직이지 못하고 그저 지켜보기만 한다.

생각 없이 이런 사건을 저지를만한 도현이 아니기에 우혁을 비롯한 모두가 지켜보고 있는 것이지, 그렇지 않았다면 벌써 무영신투의 목이 떨어졌을 것이었다.

촤악!

거칠게 물살을 헤치며 군산으로 향하는 배.

뒤늦게 출발한 배들이 도현들을 쫓아 빠르게 움직인다.

'군산에만 도착하면 어떻게든 도망 칠 수 있다. 그보다 이놈들은 뭐지? 실력 있는 호위를 두고 있을 정도라면 제법 알려진 가문의 자식인가? 제길! 머리가 복잡해.'

지끈거리는 두통에 무영신투의 얼굴이 절로 일그러진다.

한번에 많은 생각을 하다보니 생기는 두통이었다.

"대체 우리를 어쩌려는 거지요?"

"닥쳐! 말하는 대로만 따르면 살려 줄 테니까!"

거칠게 대답하며 뒤에서 쫓아오는 배들을 바라보는 무영신투. 출발이 빨랐던 덕분인지 과연 쉽게 따라 붙지 못하고 있었다.

이만한 거리라면 배가 군산에 도착하는 즉시 전력으로 경공을 펼치면 누구도 자신을 찾지 못하게 할 수 있을 것 같았다.

그렇게 희망이 점차 커지고 있을 때였다.

"뭐야 저건!"

일행의 앞으로 거대한 배들이 일제히 움직이며 앞을 가로 막고 서 있었다.

족히 서른 척은 될 것 같은 배!

동정호에서 저런 규모의 배를 보기란 결코 쉽지 않은 일이지만 놈들의 가장 높은 곳에서 휘날리는 깃발을 보면 납득 할 수밖에 없다.

"장강십팔채(長江十八砦)!"

비명과도 같은 소리가 무영신투의 입에서 터져 나온다.

장강십팔채는 그 이름과 같이 장강을 무대로 활약하는 수적집단 열여덟 개가 뭉쳐 만들어진 것이다.

무림 어느 세력에도 가입하지 않고 독자적인 활동을 하지만, 그 성향은 한 없이 사파에 가까운 놈들이었다.

저만한 규모의 배를 일시에 동원했다는 것은 장강십팔채 전체가 나왔다는 것이다.

물 위에서 수적들을 당할 수 있는 무인은 그리 많지 않다.

일단 배에서 떨어지면 수공(水功)을 전문적으로 익힌 놈들에게 금방 당하고 마는 것이다.

수공을 따로 익히는 무림인이 거의 없는 편이니 더욱 그러했다.

부들부들.

몸을 떠는 무영신투를 보며 도현은 한숨을 내쉬었다.

"재미 좀 볼까 했더니, 그것도 안 되겠네."

"뭣?!"

갑작스런 말에 무영신투가 놀라며 도현을 보지만 어느새 도현의 신형은 빠져나가고 난 뒤였다.

"잡아."

"예!"

미처 무영신투가 반응하기도 전에 광호가 달려들어 재빨리 무영신투를 붙든다.

"뭐, 뭐냐! 네놈들 대체!"

"닥쳐!"

퍽!

말과 함께 뒷덜미를 강하게 내려쳐 기절시켜 버리는 광호.

자신 앞에서 빠르기를 자랑했으니 은근히 기분 나빴던 모양이다.

무영신투가 기절하자 광호는 능숙하게 놈의 품에서 목
함을 꺼내어 도현에게 건네었다.

그러는 사이 우혁이 도현의 곁에 선다.

"무모하셨습니다."

"알았어, 알았어."

가볍게 고개를 끄덕이며 목함을 받아드는 도현.

'놈들의 반응을 보고 싶었는데 말이야. 동정호에만 함
정을 만들어 둔 것인지 아니면 밖에도 만들어 둔 것인지.'

설마 장강십팔채가 이곳에서 진을 치고 있을 것이라 생
각지 못했던 것이 실수였다.

본래 도현이 보고 싶었던 것은 무황총의 비급이 동정호
를 빠져나가면 놈들이 어떻게 움직일 것인지에 대한 반응
이었다.

섬에 몰려든 엄청난 무인들을 보며 도현은 속으로 이것
이 함정이라는 것을 확신하고 있었다.

그것을 좀 더 구체화하기 위해 무영신투의 장단에 즉흥
적으로 어울려 준 것이었다.

이렇게 막힐 줄은 몰랐지만.

"배를 세워."

즉시 배가 멈추자, 도현들의 배를 중심으로 앞뒤에서 무
수히 많은 배들이 몰려들기 시작한다.

앞에선 장강수로채의 배들이.

뒤에선 무황의 비급을 쫓아온 무인들이.

동정호 한 가운데서 포위되는 상황임에도 불구하고 도현의 표정엔 변함이 없다.

그저 놈들이 완전히 둘러쌀 때까지는 기다리며 목함을 살펴 볼 뿐 절대 열지 않았다.

"어?"

그때 도현의 눈에 기묘한 것이 보였다.

목함의 한쪽에 아주 작게.

무영신투가 배로 달려들며 물이 튀어 젖은 부분에서 작지만 다른 부분과 다른 무언가가 보였다.

'아하……!'

도현의 입 꼬리가 절로 올라간다.

天魔飛上 4章.

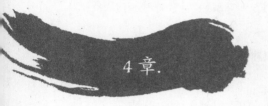

4 章.

　도현의 배를 중심으로 원을 그리며 포위한 채 누구도 움직이지 못하는 대치 상황이 계속된다.

　장강십팔채의 배가 압도적으로 크고 많지만, 뒤따라 온 백도맹과 사황성의 배 역시 만만치 않았던 것이다.

　특히 단순 실력으로만 놓고 본다면 장강십팔채의 무인들은 결코 상대가 되지 못했기 때문에 쉬이 움직일 수 없었다.

　반대로 백도맹과 사황성 무인들은 이곳이 물 위라는 부담감도 부담감이지만 서로의 눈치를 살피느라 쉬이 움직일 수 없었다.

　그러는 사이 멀리 처졌던 배들이 하나 둘 모여들기 시작했다.

자신의 손에 쥐지 못하더라도 그것을 가져가는 사람을 꼭 보고야 말겠다는 자들이 대부분이지만, 아직도 포기하지 않은 자들도 꽤 있었다.

"어떻게 하시겠습니까? 이대로는 탈출하기 어렵습니다."

우혁의 말에 도현은 그제야 목함에서 눈을 때곤 주변을 살핀다.

과연 많은 무인들이 이곳으로 시선을 주고 있었다.

"깃발 있어?"

"본성의 표식을 말씀하시는 겁니까?"

"어. 배 어디에 감춰진 것 하나 정도는 있을 것 같은데?"

도현의 말에 우혁은 광호에게 지시했고, 얼마 지나지 않아 광호가 배 안에서 작은 함을 가지고 올라왔다.

"깊은 곳에 하나 있었습니다. 이 배가 본성에 의해 움직일 때를 대비해서 준비해둔 것 같습니다만…… 지금 상황에서 내걸면 천하전장과 본성의 관계를 의심하게 될 것 같습니다만?"

"혹시나 싶어서 아침에 지부장에게 관계 정리를 해놓으라고 했지. 지금쯤이면 서류상으로 꽤 중요한 손님 중 하나로 바뀌어 있을 거야."

"대체 언제?"

아침부터 이런 상황을 대비하고 있었을 것이라 생각지 못했기 때문에 모두가 놀라고 있을 때 도현은 태연한 얼굴로 일어서며 말했다.

"걸어. 재미있는 것을 보여 줄 테니까."

자신 넘치는 도현의 말에 잠시 우혁의 얼굴을 쳐다본 광호는 어쩔 수 없다는 듯 곧 배 위로 올라가 천하전장의 깃발을 내렸다.

갑작스레 내려가는 깃발에 모두의 시선이 그곳으로 향하고 얼마 지나지 않아 올라오는 검은 깃발 하나에 경악성을 터트린다.

"천마성!"

"천마성이 왜 이곳에!"

모두가 당황하고 있을 때 그 분위기를 느낀 것인지 도현이 목소리에 내공을 실어 외쳤다.

"본성은 보물에 욕심이 없으니 무영신투가 가진 물건을 가져갈 자는 앞으로 나서라. 보물을 지키지 못할 자는 나서지 말 것을 미리 권한다."

보물을 지키지 못할 자.

즉, 지금 도현은 처음부터 사황성과 백도맹 그리고 물건을 가질 수 있는 힘을 가진 자들 이외엔 아예 접근을 불허한 것이다.

그런 의도를 읽은 듯 이곳저곳에서 웅성거리는 소리가

들렸지만 항의하는 자는 없었다.

딱히 틀린 말도 아닐 뿐더러, 그 상대가 천마성의 무인이기 때문이었다.

비록 배 한 척 뿐이라곤 하지만 천마성 무인들의 강함은 숫자로 셀 수 없음을 지난 대전(大戰)에서 경험한 자들이 많았다.

그렇게 머뭇거리는 사이 장강십팔채에서 가장 먼저 나섰다.

"어린놈이 제법 머리를 굴리는 구나!"

휙!

쩌렁쩌렁 울리는 목소리와 함께 허공을 날아 도현의 배 위에 착지한 중년 사내!

근육질로 가득한 몸과 커다란 키.

어지간한 사람은 마주하는 것만으로도 압도 할 수 있을 것 같은 위압감을 품어내는 그의 등장에 먼저 반응 한 것은 광호였다.

"용왕채주(龍王寨主)……."

"크하하하! 본좌에 대해 아는 놈이 있구나! 그렇다 본좌가 바로 용왕채의 주인 수룡왕(水龍王)이시다!"

"수룡왕 한정룡……."

낮게 중얼거리는 도현.

칠왕(七王)의 일인인 만큼 그의 강함은 압도적이다.

특히 물 위에서라면 이괴(二怪)에게도 지지 않는다는 것이 바로 그다.

"나 정도면 그 물건을 가져 갈 자격이 있는 것이겠지?"

"멈춰라!"

자신만만하게 이야기를 하던 수룡왕의 말을 끊고 양쪽에서 두 사람이 날아온다.

처척!

백도맹의 백호대주 정의검(正義劍) 팽연호와 사황성의 구유혈랑대주 사겸(死鎌) 나대철이었다.

"허! 네놈들이 지금 나보고 멈추라고 한 것이냐?"

두 사람을 보며 으르렁거리는 수룡왕.

그 모습에 정의검과 사겸은 움찔했지만 잠시 뿐이었다.

"그 물건은 백도맹에서 가져갈 것이오!"

"닥쳐라! 사황성에서 가져갈 것이다!"

서로를 보며 대립각을 세우는 그들을 보며 수룡왕은 크게 웃었다.

"크하하하! 감히 본좌를 앞에 두고 딴 짓을 하다니! 그 실력에 자신이 있는 모양이로구나!"

쿠웅—!

무거운 기세가 사방으로 퍼져나간다.

그제야 눈앞의 사람이 무림 최강의 고수 중 한 사람이라는 사실을 새삼 깨달은 두 사람의 표정이 일변한다.

하지만 결코 물러서지는 않았다.

어떻게 해서든 무황의 비급을 가지고 돌아가야 하기 때문이다.

"이것이! 무영신투가 가지고 있던 물건입니다."

그때 도현의 목소리가 배 위에 울려 퍼진다.

세 사람의 시선이 도현의 손 위에 놓인 목함으로 향한다.

"소개가 늦었습니다. 천마성의 소성주. 천도현이라고 합니다."

정중히 고개를 숙여 인사하는 도현을 보며 세 사람의 얼굴이 한 없이 굳는다.

일반 천마성의 무인도 아닌 패마의 제자다.

무림에 잘 알려지지 않은 그이지만 한 가지 확실한 것은 그를 건드린다는 것은 천마성과 싸워야 한다는 것이다.

패마가 제자를 끔찍이 아낀다는 사실은 이미 널리 퍼진 사실이니까.

"무영신투는 저희 쪽에서 제압을 해두었습니다만 이거 참 곤란하군요. 볼일이 있어서 나왔다가 재미있는 구경거리라 생각해 움직인 것이 이렇게 되다니."

턱을 쓰다듬으며 여유있는 얼굴로 말하는 도현.

그에 반해 세 사람의 얼굴은 펴질 줄 몰랐다.

특히 수룡왕이 그러했다.

과거 수룡왕은 패마에게 호되게 당한 기억이 있었다. 그 때 그가 느낀 감정은 절망과도 같은 것.

패마 장본인이 아닌 그의 제자라 하더라도 쉽사리 건드리고 싶지 않을 정도였다.

하지만 그의 손에 들린 무황의 비급에 대한 욕심은 여전히 줄어들지 않았기에 가장 먼저 정신을 차리고 입을 열었다.

"정녕…… 정녕 천마성에선 그 물건에 관심이 없는 것인가?"

"물론입니다. 설마하니…… 이딴 것에 욕심을 부릴 정도로 본성에 무공이 없다고 생각지는 않으시겠지요?"

도발적인 도현의 말이지만 반대로 그렇기에 설득력이 있었다. 오로지 강함을 추구하는 천마성이고, 마공이 아니면 취급을 하지 않는 그들이기에 무황의 비급은 아무래도 상관이 없는 것이다.

게다가 그들은 자신들이 익히고 있는 무공에 대한 자부심이 강한 것으로 무림에서도 유명했으니.

"그렇다면 내가 가져가도록 하겠네. 무림 최강자로 꼽히는 칠왕의 일인인 나라면 그 물건을 충분히 감당 할 수 있을 것이라 생각되는데?"

어느새 그의 말투가 반존대로 바뀌었다.

천마성 소성주라는 지위는 제 아무리 장강십팔채의 총

채주인 그라 하더라도 쉽사리 말을 놓지 못하게 만드는 위치였던 것이다.

"그렇지요. 칠왕의 일인이신 수룡왕이시라면 충분히 이 물건을 지킬 수 있는 힘이 있지요."

고개를 끄덕이는 도현을 보며 정의검과 사겸은 거의 동시라 해도 좋을 정도로 재빨리 말을 내뱉었다.

"백도맹 보다 안전한 곳은 없소! 혈겁을 부를 물건이니 본 맹의 깊은 곳에 보관하게 될 것이오!"

"사황성 본성 깊은 곳에 놓고 누구도 볼 수 없게 만들 것이오. 감히 사황성의 성벽을 뛰어넘을 수 있는 자가 있을 것이라 생각할 수 없소!"

말을 하곤 서로를 견제하는 두 사람을 보며 도현은 곤란하다는 얼굴로 세 사람을 번갈아 본다.

도현의 시선이 갈 때마다 긴장하는 셋.

충분한 인원이 있고 힘이 있으니 당장 실력 행사를 해도 좋겠지만, 삼파전이 벌어진 상황이다.

어느 누군가가 비급을 가져간다면 합공을 당해 죽을 수도 있는 문제였다.

특히 물 위인 이곳에선 장강십팔채도 무시 못 할 힘을 발휘한다.

"선뜻 선택하기 어렵군요. 그렇다면 먼저 이 목함 안의 물건이 진짜인지부터 확인하도록 하지요. 다들 안의 물건을 확인하지 못했을 테니, 동의들 하시겠지요?"

"동의하지!"

수룡왕의 말에 정의검과 사겸이 고개를 끄덕이는 것으로 대답을 대신한다.

그에 도현은 빙긋 웃으며 목함을 돌려세워 그들이 잘 볼 수 있게 한 다음 천천히 목함을 열었다.

끼긱–!

낡은 소리가 목함이 아주 오랜 시간 만에 열림을 알려준다.

그리고 안에서 모습을 보이는 낡은 서책하나.

특수하게 가공이 되어 있는 듯 낡기는 했으나 크게 상하지 않은 것이 척 봐도 보통의 것이 아니었다.

슥–.

크게 움직여 세 사람에게 비급의 존재를 알린 도현은 손으로 비급을 꺼내곤 목함을 뒤로 던졌다.

탕, 타탕!

요란한 소리와 함께 뒤로 굴러가는 목함.

사람들의 시선은 목함이 아닌 비급으로 향하고 있었다.

비급이 밖으로 나온 이상 목함 따위 알바가 아닌 것이다.

"주인을 정하기 힘드니…… 질문을 하나 하도록 하지요. 정녕 이것을 보관만 하고 익힐 마음은 없는 것입니까? 사황성과 백도맹은?"

도현의 시선이 향하자 두 사람은 당연하다는 듯 필사적으로 고개를 끄덕이며 답한다.

"물론이고! 정파의 명예를 걸고서 약속할 수 있소!"

"본성이 무너지는 날까지 누구도 그것을 익히지 않을 것이오!"

당당하게 말하는 두 사람이지만 이루어지지 않을 약속임을 누구보다 잘 알고 있었다.

굳이 필요치도 않는 것을 왜 가져가려 이렇게 필사적으로 움직이겠는가.

무황의 비급을 어떻게든 분석하고 익혀 무림의 주도권을 잡고자 함이다.

그들의 생각을 모를 도현이 아니기에 그는 웃으며 수룡왕을 쳐다본다.

"난 익힐 것이다! 무림에서 최고가 되기 위해서!"

두 눈을 부릅뜨고 말하는 수룡왕을 보며 도현은 씩 하고 웃었다.

본래 도현은 이들이 보는 눈앞에서 비급을 찢어버릴 예정이었다.

이번 일을 누가 꾸민 것이든 간에 가장 중요한 비급이 없어진다면 이 모든 소란이 빠르게 가라앉게 될 것이다.

그것은 결코 놈들이 원하는 바가 아닐 것이라 생각한 것이다.

뿐만 아니라 생각보다 빠르게 이 물건이 더 이상 소란을 일으킬 수 없는 자의 손에 들어가도 마찬가지의 상황이 벌어진다.

'적어도 놈들이 원하는 것이 무림의 혼란이라면 내 예측은 더욱 정확해지겠지. 놈들의 움직임을 확인하려고 한다면…… 미안하지만 수룡왕 당신이 미끼가 되어 줘야 하겠어.'

도현이 무슨 생각을 하는지도 모른 채 자신을 보며 웃는 도현에게 마주 웃어 보이는 수룡왕.

어떻게든 무황의 비급을 얻으려 애쓰는 그다.

"아무래도 이 비급은 수룡왕님께 드리는 것이 좋겠군요."

"고맙네!"

"인정 할 수 없다!"

동시 외치는 정의검과 사겸에게 도현은 웃으며 말했다.

"무황의 비급이 썩어가는 것보단 필요한 자가 익히는 편이 더 나을 것입니다. 게다가 무림에 새로운 강자가 나타나면…… 더 재미있지 않습니까?"

천마성 무인들이 호전적이라는 사실은 잘 알려져 있는 바다.

특히 강자와의 싸움은 지위고하를 논하지 않고 다들 즐긴다. 그것은 도현 역시 마찬가지처럼 보였다.

무황의 비급을 익힐 수룡왕에게 큰 호기심을 보이는 모습을 하고 있는 도현을 보며 정의검과 사겸은 이를 악물었다.

이 자리에서 일이 터지더라도 반드시 비급은 가져가야 하는 것이다.

그것을 눈치 챈 것인지 도현이 차갑게 웃으며 오른 다리를 들었다가 가볍게. 아주 가볍게 바닥을 내려친다.

투웅!

퍼퍼펑!

맑은 소리와 함께 도현의 배를 중심으로 원을 그리며 엄청난 물보라가 치솟아 오른다.

짧은 순간 도현의 몸에서 뿜어져 나온 강렬한 기세를 느끼지 못할 정도로 미숙한 자는 이 자리에 없었다.

"경고하지요. 저 깃발이 내걸린 이상 이곳은 천마성의 영역입니다."

짧지만 강력한 한 마디.

그 한마디에 정의검과 사겸은 뭐라 말을 할 수 없었다.

아니, 도현의 아무렇지 않은 듯 보인 한 수에 크게 놀랐다는 것이 더 정확했다.

어지간한 내공으론 결코 보일 수 없는 일이다.

패마의 제자인 그가 가볍게 보인 한 수가 이 정도라면 진심으로 싸우게 되면 얼마나 강력할 것인가.

쉬이 짐작 할 수 없었다.

굳은 얼굴의 두 사람을 보며 그제야 만족한 듯 도현은 수룡왕을 향해 비급을 던졌다.

"그것의 주인은 당신입니다. 부디 보물을 지킬 정도로 강력한 힘을 가졌기를 바랍니다."

"……이것을 내게 준 것을 후회하지 않겠나?"

"강자와의 싸움은 언제든 바라는 바 입니다."

단호한 도현의 답변에 수룡왕은 고개를 끄덕이며 손에 쥔 비급을 내려다 보다 등을 돌린다.

"그럼."

짧은 말과 함께 가볍게 몸을 날려 자신의 배로 향하는 수룡왕. 그 뒤를 지켜보던 정의검과 사겸이 아무런 말없이 빠르게 자신들의 배로 돌아간다.

촤아아.

장강십팔채의 배들이 빠르게 도현의 배가 지나갈 자리를 만들어주자 도현은 가볍게 손짓으로 배를 움직일 것을 명했고, 곧 배가 빠른 속도로 그들 사이를 빠져나간다.

"괜찮으시겠습니까? 무황의 비급이 손에 들어왔었습니다."

우혁이 걱정되는 듯 묻자 도현은 피식 웃으며 말했다.

"어차피 우리 물건이 아니야. 게다가 그거 진짜가 아냐."

"예? 하지만 아무리 봐도 진짜처럼 보였습니다만?"

"그렇게 보였으니 다들 속는 것이겠지. 목함의 구조는 거의 밀봉에 가까웠어. 그런 곳에 책을 넣어놓으면 특별한 과정을 거치지 않더라도 책은 깨끗하게 보관이 되. 과연 무황이 그것을 몰랐을까? 설령 몰라서 그런 방식을 했다 하더라도 종이가 지나치게 근래의 것이야."

"종이…… 말입니까?"

우혁이 이해를 못했다는 듯 되묻는 동안 어느새 모두가 도현의 곁에 몰려든다.

"내가 지금까지 얼마나 많은 책을 읽는지 알잖아? 오래된 책일수록 그 재질이 별로 좋지 않거든. 심지어 무황이 있었을 때는 종이를 구하기 어려웠을 때야. 양피지로 만들어진 것이었다면 나도 속았겠지만, 종이는 그렇지 않지. 어떻게 해도 흔적이 남기 마련이거든. 뭐, 그 사실을 알기까지 오랜 시간이 걸리겠지만."

"그걸 알아차린 형님도 정말 대단하십니다."

듣고 있던 광호가 고개를 저으며 말하자 모두가 고개를 끄덕이며 동의했다.

설마 그 짧은 순간 모든 것을 파악했을 것이라곤 생각지 못했던 것이다.

"그보다 과연 사황성과 백도맹이 이대로 물러날 까요?"

"그럴 놈들이라면 지난 대전이 이렇게까지 길어지지 않

앉겠지."

도현이 피식 웃으며 단리한의 물음에 답했다.

"당장은 물 위이니 쉽사리 건드릴 수 없겠지만 일단 육
지에 올라서고 나면 상황이 다르지. 아무리 수룡왕이 버티
고 있는 장강십팔채라 하더라도 사황성과 백도맹에 비교
할 수 없으니까."

"그걸 아시면서도 비급을 수룡왕에게 줬단 말입니까?
전 이해가 되지 않습니다."

"어차피 그 비급이 내 손에 들어온 순간 이 일을 꾸민 놈
들은 크게 당황했을 거야. 게다가 그런 식으로 비급을 떠
넘길 줄도 몰랐겠지. 놈들이 이렇게 번거롭게까지 일을 획
책한 것은 무림의 혼란을 바라고 있기 때문이었겠지."

"예? 이 일의 뒤에 누군가가 있다는 겁니까?"

단리한의 물음에 모두의 눈이 새삼스럽다는 듯 그에게
향한다.

"왜, 왜 그런 눈으로 절 보는 겁니까?"

"호호호, 넌 똑똑한 건지 둔한 건지 모르겠다."

"멍청하긴. 머리 좀 굴려라! 무황의 비급이 왜 이런 시기
에 튀어 나왔겠냐!"

"어, 어?"

미영과 광호가 차례로 타박을 하자 단리한이 진짜 모르겠
다는 듯 고개를 내저었고, 그 모습에 모두들 크게 웃었다.

평소엔 또릿하고 머리 회전이 아주 빠른 단리한이지만 가끔 지금처럼 멍청한 모습을 보일 때도 있는 것이 그였다. 오히려 그것이 단리한이 가지고 있는 매력 중 하나였다.

단리한을 제외한 모두가 이번 사건에 대해 의심을 가지고 있던 찰나였다.

물론 도현과 같은 확신을 할 수는 없었지만 의심스러운 것은 사실이었고, 시간이 지날수록 의심은 더욱 커질 수밖에 없었다.

"이제 어디로 움직입니까? 이대로 사라진다면 또 다른 의심이 발생할 겁니다."

우혁의 말에 모두들 고개를 끄덕이며 동의했다.

바로 눈앞에서 목함을 열어 공개했음에도 자신들을 의심하는 자들이 분명 있을 터다.

본래 보물 앞에선 의심부터 하고 보는 것이 대부분이니까.

"일단 악양으로 돌아가자. 그리고 아무렇지 않은 듯 복귀해야지."

"그걸로 되겠습니까?"

우혁의 되물음에 도현은 빙긋 웃으며 한쪽에 널 부러져 있는 목함을 주워들었다.

"지금은 그거면 충분해."

"일이 꼬였다?"

사내의 물음에 부복을 한 채 보고를 하던 흑의사내가 긴장을 하며 서둘러 대답했다.

"예! 본래 계획대로라면 무황의 비급이 중원으로 흘러들어가 무림에 큰 혼란을 몰고 와야 합니다. 그러기 위한 준비도 이미 끝이 난 상태였지만, 천마성의 개입으로 인해 모든 일이 뒤틀렸습니다."

"천마성? 그놈들이 왜?"

"구경을 하러 온 모양이었는데, 무영신투가 그 배에 올라타면서 일이 꼬였습니다. 현재 비급은 수룡왕이 가진 것으로 파악되었으며 그는 수룡채로 돌아간 것으로 알려졌습니다. 사황성과 백도맹은 아직 호시탐탐 기회를 노리고 있는 것 같습니다만…… 전체적인 계획이 틀어졌습니다."

그의 보고에 사내는 짧게 혀를 찼다.

오랜 시간 준비를 해온 계획이었음에도 천마성이 개입하는 순간 모든 것이 뒤틀려버렸다.

아니, 정확하게는 설마하니 비급을 그리 쉽게 내어 줄 것이라곤 예상치 못했기 때문이었다.

오랜 시간을 준비해온 만큼 많은 상황을 상정했고, 그

중에는 천마성의 개입 또한 준비되어 있었다. 그럼에도 이
번과 같은 일은 생각조차 할 수 없었다.

"사부님께 보고가 올라갔겠지?"

"그렇습니다."

으득.

엄지손톱을 습관적으로 깨무는 사내.

이번 현장은 자신이 직접 지휘를 하고 있음에도 자신을
거치지 않고 모든 일이 사부에게 직접 전해진다는 사실이
불쾌했다.

하지만 어쩔 수 없는 일이다.

모든 권력을 가지고 있는 것이 사부였고, 그 강함을 뛰
어넘기엔 아직 자신은 많은 것이 부족했다.

"쯧! 준비되어 있던 모든 계획을 폐기하고 사부님의 명
령이 떨어질 때까지 기다린다. 어차피 계획이 틀어졌으니
새로운 명령이 내려오겠지."

현재 자신의 입장에서 내릴 수 있는 최선의 판단이었다.

이미 일이 실패한 이상 자기 멋대로 행동하기엔 사부의
질책이 두렵다.

그렇게 수하를 물리려던 때였다.

"오랜만이네요, 사형."

드르륵.

인사와 함께 문이 열리며 안으로 들어서는 여인.

은발의 머리카락이 너무나 매력적인 아름다운 여인이었다. 허나 은발의 차가움을 대변하기라도 하듯 그녀의 얼굴에선 냉기가 흘러넘친다.

"……네가 이곳엔 무슨 일이냐?"

그녀를 보며 얼굴을 굳히는 사내.

"사부님의 명령으로 왔어요. 지금부터 모든 일은 제가 지휘하게 되었어요. 사형은 다른 명령을 기다리라는 사부님의 명령이에요."

"빙설하! 너!"

"명령은 이미 떨어졌어요, 사형."

차가운 그녀의 말에 사내 허독량은 이를 갈았지만 곧 포기할 수 밖에 없었다.

눈앞의 그녀는 사부의 명령이 아니면 결코 움직이지 않는다. 다시 말해 그녀가 왔다는 것은 그녀의 말처럼 사부의 명령이 떨어진 것이니 자신이 거부해봐야 소용없는 일인 것이다.

"좋아! 네게 모든 것을 맡기지."

허독량의 말이 떨어지기 무섭게 빙설하는 한쪽에 엎드려 있는 사내를 보며 명령했다.

"지금 즉시 인근의 모든 지부를 폐쇄하고 교로 복귀하세요. 무황의 비급과 관련된 모든 작전은 폐기. 이후 흔적을 남기지 않도록 하세요."

"명을 받듭니다!"

그는 재빨리 외치며 자리에서 사라진다.

"사형도 교로 복귀하세요. 사부님께서 찾으시니까."

그녀의 말에 허독량은 고개를 끄덕이며 굳은 얼굴로 방을 빠져나가려다 멈추며 물었다.

"사부님께서 내리신 명령이 뭔지 물어도 되겠느냐?"

빙설하는 잠시 그의 얼굴을 바라보다 무표정하게 대답했다.

"무황의 비급을 지닌 자의 처리예요."

"그런가."

고개를 끄덕이곤 사라지는 허독량.

그의 뒷모습을 보던 빙설하 역시 발걸음을 옮긴다.

사부의 명을 따르기 위해.

그날 밤.

은밀히 움직이는 자들이 있었다.

수룡채를 둘러싸듯 감싸며 움직이던 그들은 곳곳에 자리 잡은 채로 수룡채를 감시하고 있는 각 세력의 무인들을 빠른 속도로 처리하기 시작했다.

늦은 밤 달빛 하나 없는 상황에서도 그들은 정확하게 적들의 위치를 찾아내고 있었다.

은근히 퍼져나가는 피 냄새.

그런 상황에서 수룡채로 향하는 길을 차분히 걸어 올라가는 한 여인이 있었다.

어두운 밤임에도 선명하게 휘날리는 은발의 미녀.

빙설하 그녀가 수룡채에 모습을 드러내고 있었다.

스슥.

그녀의 뒤로 하나 둘 모습을 드러내기 시작하는 흑의인들.

어느 정도 숫자가 채워지자 그녀의 입에서 차가운 명령이 떨어진다.

"시작해."

명령이 떨어지기 무섭게 뒤에 늘어서 있던 흑의인들이 빠르게 달려 나가기 시작했다.

그들뿐만 아니라 수룡채를 포위하고 있던 흑의인들 모두가 수룡채의 담을 뛰어넘었다.

쿠르르…… 콰앙!

굉음과 함께 무너지는 수룡채의 건물.

멀쩡한 건물 하나 없이 사방에 수룡채의 수적들이었던 자들의 시신이 널 부러져 있다.

진득하게 풍기는 혈향.

"네년…… 네년은 대체 누구냐!"

노기 가득한 목소리로 눈앞의 빙설하를 향해 소리 지르는 수룡왕.

허나 그의 목소리와 달리 수룡왕의 상태는 그리 좋지 않았다.

그의 왼팔은 어깨부터 사라져 있었고, 몸 전체에 상처가 가득했다. 이대로 치료를 하지 않으면 제 아무리 수룡왕이라 하더라도 죽을 수밖에 없을 정도였다.

"죽어."

싸늘한 한 마디와 함께 그녀의 양손에 쥐어진 크고 작은 두 자루의 검이 무정하리라 만치 차갑게 수룡왕의 심장을 꿰뚫는다.

"컥!"

외마디 비명과 함께 끝까지 눈을 감지 못하고 그녀의 얼굴을 바라보며 죽은 수룡왕.

무심하게 검을 회수하며 그녀가 돌아섰다.

"비급은?"

어느새 그녀의 뒤에 흑의인 하나가 따라 붙는다.

"회수했습니다."

"없애. 이곳도 마찬가지. 작은 흔적도 남기지 말도록."

"명!"

고개를 숙이며 사라지는 흑의인.

그 길로 그녀는 시신들의 사이를 지나 천천히 수룡채를 빠져나간다.

'이걸로 당분간은 교의 중원 침투도 중단인 건가.'

빙설하가 알고 있기로 교에서 하고 있는 일 중에서 가장 큰 비중을 차지하고 있는 것 중의 하나가 이번 무황의 비급과 관련된 일이었다.

하지만 천마성의 뜻하지 않은 개입으로 인해 계획 자체가 폐기되었다.

수룡왕을 제거하며 회수한 비급을 무림에 풀어도 되겠지만, 그럴 수도 없는 것이 근래 천마성, 사황성, 백도맹의 정보 세력들이 활발하게 움직이는 중이었다.

그렇기에 실패한 계획을 무리하게 이어서 갈 필요가 없는 것이다.

당장은 드러내기 보단 몸을 숨겨야 할 때였다.

'어차피 삼신을 제거하는 계획이 실패했을 때부터 교의 대계가 어긋나기 시작했던 것이지. 그 중심에 패마의 제자인 천도현이 있는 것인가?'

표정의 변화하나 없이 발걸음을 옮기는 그녀.

그녀의 신형이 수룡채에서 멀리 떨어졌을 때 수룡채가 불타오르기 시작했다.

멀리서도 볼 수 있을 정도로 크고 화려하게.

"잘 처리했다니, 다행이로군."

노인의 말에 그의 앞으로 자리 잡은 수십의 인물들이 고개를 숙인다.

압도적인 기세를 연신 뿜어내고 있는 노인.

살기 가득한 그 모습에 누구나 쉬이 입을 열 수 없었다.

"계획은 전부 폐기한다. 처음부터 새로 준비를 하는 수밖에 없겠지. 세외의 일만 예정대로 진행해라."

"존명!"

동시에 외치는 그들의 목소리에 회의장이 쩌렁쩌렁 울린다.

허나 노인의 얼굴은 펴질 줄 몰랐다.

"비급은 잘 처리했겠지?"

"예. 곧장 불태워버렸다고 합니다."

"본교에서도 십년을 뒤져도 찾아내지 못했던 무황총이다. 그렇다고 다른 자의 손에 들어가는 것은 그리 좋지 못한 일이지."

"만약을 대비해 목함은 저희 손에 들어온 진짜를 배치하고 안에 있던 것은 본 교의 비고에 넣었습니다. 누구라 하더라도 안의 비급을 보고 가짜라고 생각지 못할 것입니다."

수하의 보고에 노인은 고개를 끄덕이며 자리에서 일어섰다.

"당분간 중원의 모은 계획은 중단하거나 보류한다. 대

신 세외의 일에 역량을 집중시키고 최선을 다하도록. 중원에 대한 것은 새로운 계획을 짜보는 것도 나쁘지 않을 것이다."

"존명!"

노인의 말이 뜻하는 것은 하나였다.

지금까지의 계획을 전부 폐기하고 새로운 계획을 세우라는 것이었다.

직접적인 지시는 아니었으나 그것도 알아듣지 못할 정도로 둔감한 자들이 아니었다.

天魔飛上 5章.

5 章.

천하전장 악양지부로 무사히 돌아온 도현들은 그 즉시
천마성으로 귀환했다.

아직도 의심스런 눈길로 바라보는 이들이 있었지만, 그
럴수록 더욱 당당하게 움직였다.

그렇게 천마성에 복귀한 도현들은 즉시 도현의 방으로
모였다.

"수룡채의 일은 다들 들었지?"

"이번 사건으로 인해 이번 무황의 비급과 관련된 모든
일은 놈들의 짓이라고 사부님은 확신하시는 것 같습니다."

광호의 말에 모두들 비슷한 듯 동의한다.

도현 역시 수룡채의 일로 놈들의 짓이란 사실을 확실히

했기에 자신이 한 일이 옳았다는 것을 알 수 있었다.

물론 수룡채의 인원이 전부 몰살되었기에 그 부분은 안타깝지만 작은 희생으로 큰 싸움을 막을 수 있었으니 그것 나름대로 나쁘지 않을 터다.

"놈들이 무슨 생각이건 간에 이걸 봐."

탁.

말과 함께 도현이 탁상에 올린 것은 바로 목함이었다.

본래 무황의 비급이 들어 있던 것으로 도현이 버리지 않고 챙겨왔던 것이다.

"버리시지 않고 이곳까지 가져오셨으니 뭔가 생각이 있겠지 싶었습니다만, 대체 뭡니까 형님?"

광호가 서둘러 궁금한 듯 묻는다.

"이건 진짜야."

"예?"

"이 목함이 진짜라고. 어떤 이유인지 모르겠지만 그들은 무황총으로 갈 수 있는 열쇠를 찾았던 거야. 이번에 일이 벌어졌던 섬도 본래 있던 것이겠지."

"그럼 큰일 아닙니까? 이미 무황의 비급이 정체를 알 수 없는 놈들에게 넘어갔다는 소리지 않습니까!"

깜짝 놀라 외치는 광호를 보며 도현은 웃으며 고개를 저었다.

"놈들도 무황의 비급을 발견하지 못했어. 그렇지 않고

서야 이걸 밖으로 내돌릴 이유가 없었을 테니까."

"목함이 대체 어쨌다는 겁니까, 형님? 놈들이 먼저 손에 넣었다면 이것저것 전부 살폈을 겁니다."

광호의 말에 모두들 고개를 끄덕인다.

무황의 비급을 얻을 수 있는 것을 손에 쥐고서도 보지 않는다는 것은 바보 같은 짓이다.

심지어 도현들도 손에 쥐어 준다면 일단 읽고 볼 것이 바로 무황의 비급일 터다.

그런데 놈들이 손에 다 쥔 비급을 읽지 않았을 리 없다고 다들 생각하고 있었다.

"무황이라는 자는 상당히 신중했던 모양이야. 처음부터 이 안에 들어 있는 것은 무황의 비급이 아니라, 다른 무엇인가가 있었을 거야. 혹은 가짜 비급일 수도 있고."

"형님께선 의심이 아닌 확신을 하시는 것 같습니다?"

이번엔 단리한이었다.

그의 물음에 도현은 당연하다는 듯 고개를 끄덕이며 목함을 들어 한쪽 부분을 보여주었다.

"보여?"

"뭘 말입니까?"

도현의 손가락이 한 부분을 가리키자 그제야 다들 고개를 끄덕였지만 딱히 다른 것은 없어보였다.

목함의 색이 벗겨진 것 이외에는 말이다.

"뭐야 보면서도 모르겠다는 거야?"

"그저 색이 벗겨진 것처럼 보입니다만?"

되려 광호가 물음을 던지자 도현은 안 되겠다는 듯 고개를 흔들며 자리에서 일어섰다.

"이 목함은 특수한 방법으로 만들어졌을 거야. 아마 놈들도 목함에 대해 조사를 했겠지만 쉽사리 찾을 수 없었겠지. 나도 처음부터 멀쩡한 목함을 봤다면 몰랐을 지도 모르고."

"대체 뭘 이야기하시는 겁니까, 형님? 좀 알아듣게 이야기 해주십시오."

울쌍을 지으며 광호가 말하자 도현은 기다리는 듯 한쪽에서 물병을 가지고 왔다.

"이 물은 동정호에서 퍼온 물이야."

"동정호에서요?"

"그래. 이 물을 목함에 부으면."

촤악!

거침없이 탁상 위의 목함을 향해 물을 뿌리는 도현.

축축하게 젖은 목함은 처음엔 별 변화가 없었지만 약간의 시간이 흐르자 점차 색깔이 변하기 시작했다.

광이 나던 검은 색에서 점차 흰색으로.

스스스.

"허! 이건 무슨!"

다들 놀라고 있을 때 도현은 완전히 색이 변한 목함을 손에 들며 말했다.

"어떤 원리로 만들어진 것인지는 모르겠지만 동정호의 물로만 이런 현상이 일어나게 되어 있을 거야. 그들도 바보가 아닌 이상 이 목함에도 많은 것을 시도해 보았을 테니까."

"그, 그렇기야 하겠지만 이렇게 봐도 그냥 색상만 변한 것이 아닙니까?"

고개를 갸웃거리며 단리한이 목함을 보며 묻자 모두들 동의했다. 그도 그럴 것이 색깔이 변한 것은 분명 놀라운 일이지만 크게 바뀐 것이 없어 보였던 것이다.

"여기서 끝이 아니지."

웃으며 도현은 곧 먹을 갈기 시작했다.

곱게 갈린 먹물을 준비하고 깨끗한 종이를 넓게 펼쳤다.

그 뒤 목함을 먹물에 묻히곤 하나하나 종이에 찍어간다.

"어?"

"어머?"

목함의 한 부분이 찍힐 때마다 모두가 놀란다.

놀랍게도 목함이 종이에 찍히자 그 위로 지도가 그려지기 시작한 것이다.

모두 여섯 면을 정확하게 차례로 찍자 그것은 곧 커다란 장보도가 완성되었다.

진짜 무황총이 어디에 있는지 알려주는 지도와 무황총에 설치된 기관을 파훼하는 방법이 적혀 있는 장보도.

"어때?"

"노, 놀랍습니다! 설마 이런 방법이었다니."

"형님께서 왜 놈들이 알아내지 못하셨을 것이라 확신하는 지 알 수 있을 것 같습니다. 본래 모습을 드러내지 않으면 아예 장보도가 찍히지 않았을 테니까요."

"아마도 그렇겠지. 그보다 위치가 어디쯤 같아?"

도현의 물음에 광호는 한참을 지도를 살피다 겨우 한 장소를 떠올릴 수 있었다.

"확실하지는 않습니다만 항주 같습니다."

"항주? 절강성의?"

"예. 오래 전의 지도이니 그동안 바뀐 것이 많겠지만 여기 이부분과 이곳의 경계를 보니 맞는 것 같습니다."

자신이 없는 듯 말했지만 정확히 딱 한 곳을 찍어 말한 것이니 확실하다고 봐야 했다.

그 사부를 따라 광호 역시 무수히 많이 중원을 돌아다녔을 뿐만 아니라 그 머릿속에 들어 있는 중원 지리와 여러 가지 정보들은 엄청나게 방대한 것이었다.

그런 광호의 말이니 믿을 수 있었다.

"항주…… 검각이 가까운 곳이지?"

"그리 멀지 않은 곳이지요."

"흠……."

검각이란 말에 눈을 날카롭게 뜨고 도현을 바라보는 예미영이지만 정작 도현은 두 눈을 감은 채 말이 없다.

반대로 그 모습을 보고 있던 우혁들은 조용히 시선을 피했다. 이럴 때 그녀에게 트집 잡혔다간 남는 것이 없다는 걸 오랜 경험으로 잘 알고 있기 때문이다.

"갈 수 있을까?"

눈을 뜬 도현의 말에 우혁이 가장 먼저 입을 연다.

"반대입니다. 그곳은 사황성과 백도맹이 치열하게 힘을 겨루는 곳으로 유명한 곳입니다. 뿐만 아니라 근래 검각이 그 세를 회복하며 점차 영역을 늘리고 있는 절강성입니다. 아무리 조심해도 놈들의 눈에 띌 수밖에 없을 겁니다."

"저 역시 마찬가집니다, 형님. 본래 사황성과 백도맹이 절강을 두고 싸우고 있었지만 근래 검각이 회복세에 있으면서 더 치열해졌습니다. 지금 그곳은 용담호혈(龍潭虎穴)과도 같은 곳이니 조용히 다녀오긴 어렵습니다."

우혁에 이어 광호까지 반대하고 나서자 도현은 두 손을 들 수밖에 없었다.

검각이란 이야기가 나오자마자 눈빛이 바뀐 예미영에겐 묻지 않더라도 반대할 것이 뻔했으니, 단리한이 찬성한다고 해서 쉽게 나갈 수 없을 터였다.

때론 물러설 줄도 알아야 한다는 것을 아는 도현이기에

입을 다시며 장보도를 찢어 삼매진화로 순식간에 태워버린다.

"포기하지. 뭐, 어차피 내가 가지 않는 이상 누구도 그곳을 찾을 수 없을 테고."

도현의 빠른 포기에 모두들 안도의 한 숨을 내쉰다.

특히 미영의 한숨 소리가 유난히 크다.

"장보도에 대한 것은 어찌 하실 생각이십니까?"

우혁의 물음에 도현은 머리를 긁적였다.

본래대로 하자면 사부인 패마에게 알리고 이것을 천마성에 귀속시켜야 하겠지만, 그리 되면 결코 자신이 이 일을 맡을 수 없을 터다.

물론 패마의 무공을 배우고 있는 도현이기에 무황의 비급을 익힐 생각은 없다.

하지만 오랜 시간이 지난 지금까지도 무림에 큰 영향력을 끼치고 있는 무황의 무공을 자신의 눈으로 한 번 보고 싶은 욕심이 있는 것은 사실이다.

생각은 많았지만 처음부터 도현의 선택지는 하나 밖에 없다.

"사부님께 알려야지. 우리가 입을 다문다고 해서 사부님께서 모르실 것도 아니고 말이야."

피식 웃는 도현을 보며 모두들 고개를 끄덕인다.

"무황의 무공이라? 허허허!"

패마는 제자의 말에 작게 웃으며 도현을 보았다.

이제는 완전히 장성한데다 그동안 아쉬움을 가지고 있던 무공까지 자신에게서 완벽하게 이어 받고 있다.

분명 이대로 시간이 흐른다면 자신보다 더욱 천마성을 크게 키울 수 있는 재목이 바로 도현이었다.

그렇기에 다른 삼신들이 제자를 여럿 두고 있음에도 패마는 오직 하나. 도현만을 제자로 두고 있는 것이다.

특히 천마성은 패마 자신이 세운 성이기에 파벌이 없다.

파벌이 없다는 것은 굳이 하나로 뭉치기 위해 뜻하지 않는 제자를 받을 필요가 없다는 것이다.

권신과 검신이라 불리는 두 사람은 그런 식으로 받아들인 제자가 없다고 말 할 수 없었다. 그렇지 않다면 굳이 그리 많은 제자를 받을 필요가 없을 테니.

"무황총으로 가는 길이 담긴 장보도를 얻는다 하더라도 본성으로선 굳이 위험을 무릅서고 그것을 가지고 와야 할 이유가 없단다. 왜 그런 것인지 알고 있느냐?"

"이미 본 성의 것만으로도 충분하기 때문입니다."

도현의 즉답에 패마는 크게 만족했다.

"그렇다! 본성의 무공만으로도 충분히 천하를 호령하기에 충분하거늘 왜 정파의 무공을 탐하겠느냐. 이번 사건 역시 네가 아니었다면 조금도 움직이지 않았을 것이다."

"알고 있습니다."

"알고 있다면 되었다. 장보도는 네가 알아서 하도록 하거라. 훗날 시간이 되면 직접 가보는 것도 나쁘지 않겠지."

"사부님!"

"허허, 이 사부가 네 생각하나 모를 줄 알았느냐. 하지만 어디까지나 안전이 확보 되었을 때만 허락 할 것이니 함부로 움직이지 말도록 해라. 절강은 지금 그야말로 화약고와 같은 상황이니."

패마의 말에 도현은 조용히 고개를 끄덕였고, 그 모습에 패마는 웃으며 머리를 쓰다듬어 준다.

하지만 모든 상황이 뜻대로 돌아가는 것은 아니었다.

절강의 항주는 매우 유명한 곳이다.

역대 수많은 왕조의 왕도였을 뿐만 아니라, 대대로 중요한 지점에 자리를 잡고 있는 곳이라 물자가 풍부한 만큼 돈 역시 넘쳐 흐르는 곳이 바로 항주였다.

항주에서 가장 유명한 것을 꼽으라면 단연 기루였다.

수도 없이 늘어선 기루는 돈 많은 이들을 끊임없이 유혹하며 그들의 주머니를 턴다.

돈 계산에 철저한 상인들이 쉽사리 주머니를 털릴 만큼

항주의 기루는 대단한 곳이었다.

기녀들의 얼굴이 이쁜 것은 기본이고 여러 잡기에 능통하여 그녀들이 보이는 공연 역시 넋을 잃고 볼 정도였다.

이렇게 돈이 많이 몰리는 곳이다 보니 자연스럽게 사파와 정파의 대립이 심할 수밖에 없는 것이다.

본래 사파의 경우 기루나 흑도패의 뒤를 봐주며 정기적인 상납을 받아 자금을 충당하곤 했는데, 중원 전역을 보아도 항주보다 많은 자금을 벌어들이는 곳은 거의 없었다.

특히 크게 어렵지도 않은 뒷배를 보아주는 것만으로도 큰 자금이 굴러들어온다는 것은 큰 이득이었다.

그렇기에 사황성에서 항주를 쉽게 포기하지 못하는 것이다.

그에 반해 정파는 상단의 호위를 하거나 혹은 정파에 속한 문파에서 자체적으로 상단을 꾸려 움직이는 경우가 많았다.

자연스럽게 항주에 들릴 일이 많아지는데 항주는 예로부터 돈의 흐름이 예민한 곳이다 보니 정파로선 위험할 수도 있는 사파를 항주에서 몰아내고자 했다.

항주의 막대한 이득을 놓고 싸우는 중이니, 시간이 아무리 지나도 그 승부가 쉽사리 나지 않았다.

오히려 지금에 이르러선 낮은 정파가 밤은 사파가 나서서 일을 처리 할 정도로 정확하게 낮밤을 나누어 일처리를

135

하고 있을 정도였다.

그렇지 않는다면 도저히 항주라는 도시가 제 기능을 할 수 없을 정도로 싸움이 심해졌던 것이다.

그런 도시에 며칠 전부터 골머리를 썩이는 일이 발생했다.

"또?!"

아침을 먹다 말고 짜증난다는 말투로 수하를 채근하는 기륜문의 문주 기배성의 말에 보고를 위해 온 수하는 고개를 숙였다.

"새벽쯤에 일어난 것으로 추정됩니다. 벌써 이것으로 열 번째 입니다. 서둘러 일을 해결해달라고 기루들이 난리입니다."

"끄응! 흑사당 놈들은?"

"큰 움직임은 없습니다만, 저희와 다를 것이 없는 것 같습니다."

수하의 보고에 기륜문주는 고개를 끄덕이며 손을 휘저었다.

우적우적!

홀로 남자 다시 식사를 시작하는 그.

아침으로 생각하기 어려울 정도로 호화로운 식단이었지만 그의 입으로 끊임없이 들어가는 것이, 음식이 남을 것 같진 않았다.

이렇게 많이 먹을 수 있을 정도로 그의 몸은 무척 비대했는데, 그 몸으로 칼이라도 잡을 수 있을까 싶을 정도였다.

하지만 보이는 것과 달리 그는 항주에서 손에 꼽히는 고수 중의 일인으로 특히 외공의 달인이었다.

거대한 몸 전체가 무기와 같은 것이다.

기륜문은 백도맹에서 지원하여 항주의 패권을 쥐기 위해 노력하고 있는 곳이었다. 그와 반대로 흑사당은 사황성에서 지원을 하는 중이었고.

'또 계집년 하나가 죽다니. 운도 없지! 벌써 열 번째라고 그랬나? 이전의 계집들도 원한관계나 그런 것은 아니었으니 이번이라고 해서 다를 것은 없을 것 같고…….'

으적!

음식을 씹으면서도 그의 머리가 빠르게 회전한다.

머리가 좋지 않았다면 애초 백도맹의 지원을 그가 얻어낼 수도 없었을 터다.

탕!

작은 소리와 함께 그의 식사가 끝이 났다.

족히 십인 분은 넘어가던 호화요리가 순식간에 깨끗하게 사라져 있었지만 기륜문주는 아쉬운 듯 입을 다시며 자리에서 일어선다.

"아쉽지만 아침은 소식해야지. 오래 살려면 아침은 작게 먹는 게 좋다니까."

다른 사람이 들었다면 기가 차 할 이야기를 태평하게 뱉어내며 그가 향한 곳은 회의실이었다.

회의실에는 이미 소식을 들은 듯 기륜문의 주요 고수들이 자리에 있었다.

"다들 앉으시오."

문주가 들어오자 일제히 자리에서 일어나 포권을 취하지만 그는 가볍게 손을 저음으로서 인사를 대신하곤 자리에 앉았다.

그가 앉자마자 한 사람이 입을 열었다.

"이번 사건 역시 지난번의 사건과 크게 다르지 않았습니다. 원한관계에 의한 살인은 아닌 것으로 생각되며, 문제는 역시 이번에도 흔적이 남지를 않았습니다."

"이번에는 어딘가?"

"심장입니다."

짧게 혀를 차는 기련문주.

이제까지 죽은 여인들에게 공통점이 하나 있다면, 죽어간 여인들의 장기가 하나씩 사라진다는 것이었다.

처음 죽은 여인의 두 눈이 없었고, 그 다음엔 간이었다.

그런 식으로 죽어가다 보니 항주에서 장사를 하고 있는 기루의 기녀들이 크게 불안해하고 있는 것이다.

보통의 죽음도 억울한 판인데 그런 식의 죽음은 누구도

사양할 터다.

"흔적도 발견하지 못할 정도라면 무림인인 것은 자명한 일이고…… 이런 식으로 사람을 죽이는 놈이 있었나?"

"없었던 것으로 알고 있습니다. 인근의 모든 정보원들을 가동시키고 있으나 의심스러운 자를 찾아내진 못했습니다."

"저쪽도 마찬가지겠지?"

문주의 물음에 이번엔 반대편의 사내가 일어나 답했다.

"흑사당에서도 아직 확실한 정보를 얻지 못한 것으로 알고 있습니다. 그렇지 않아도 이번 일에 대해선 흑사당 쪽에서 공동으로 대응하자는 연락이 있었습니다."

"공동으로?"

의외의 말에 문주의 시선이 그에게 향한다.

"예. 정체를 알 수 없는 자이니 만큼 결국 놈이 다시 나타나길 기다려야 하는데, 인원을 양쪽에서 충당하면 밤낮으로 기루가 있는 거리를 샅샅이 감시 할 수 있다는 것이겠지요. 제 생각으론 그리 나쁘지 않은 계획입니다만 문제는 그들을 믿을 수 있느냐는 것이겠지요."

"이번 일에는 놈들도 목이 걸려 있을 테니, 괜찮을 것이야. 흑사당과 접촉해서 손을 잡도록 조치하고 따로 기루들을 방문해 기녀들을 단속하도록 해라. 항주거리에서 가장 큰 돈을 내고 있는 곳이 기루들이니 이런 일로 불신감을 쌓을 필요는 없지."

"그리 하도록 하겠습니다."

그날 저녁부터 흑사당과 기륜문의 무인들이 공동으로 항주의 밤거리를 지키기 시작하자 그제야 기녀들이 안심을 하고 활발하게 활동을 시작했다.

적어도 아무런 일이 벌어지지 않은 열흘간은 그렇게 보였다.

쏴아아아!

장대비처럼 내리는 비에 한치 앞도 보이지 않을 정도가 되자 어둠을 모르던 항주의 밤거리도 하나 둘 불을 끄기 시작했다.

기루들이 몰려 있는 거리 역시 마찬가지였다.

어느 정도 비가 내려도 기루를 찾는 이들이 대단히 많았지만 오늘과 같은 비속에는 아무래도 무리였던 모양인지 손님들이 그리 많지 않았다.

그러자 하나 둘 문을 닫는 기루들이 늘어나기 시작했고, 그에 따라 기녀들이 하나 둘 기루를 벗어나 집으로 향한다.

대다수의 기녀들이 기루에서 주거를 해결하지만 기루에서 손에 꼽히는 기녀들의 수입은 엄청난 것이라 따로 외부에 집을 가지고 있는 기녀들도 꽤 많았다.

근래 문제가 없었다곤 하지만 혹시나 모르는 문제이기에 기녀들이 삼삼오오 모여 함께 움직인다.

"후우…… 후우!"

그런 그녀들을 보며 가쁘게 숨을 내쉬는 사내가 있었다.

비가 오는 바람에 냄새가 나진 않았지만, 비가 아니었다면 거지들도 더럽다며 쉬이 접근하지 못할 정도로 사내의 상태는 엉망이었다.

아무렇게나 자란 머리는 비가 옴에도 불구하고 떡이져서 잘 풀어지지 않았고, 입고 있는 옷은 누더기보다 못했다.

그보다 심각한 것은 씻지 않는 것인지 그의 몸에서 지독한 악취가 난다는 것이다.

비가 오지 않았다면 냄새 때문에 누구도 접근하지 못할 정도였다.

"흐…… 흐……!"

거칠게 숨을 내쉬던 사내의 눈에 한 기녀가 들어온다.

늦게 마친 것인지 혼자 우의와 우산으로 비를 막으며 총총 걸음으로 빠르게 움직이는 기녀.

사내의 눈이 빛난다.

콰득!

기괴한 소리와 함께 죽은 기녀의 배가 갈라진다.

"히, 히히!"

기묘하게 웃으며 사내는 그녀의 위를 정확하게 적출해 낸다.

이제까지 항주에서 벌어지고 있는 살인은 그에게서 벌어지고 있는 사건이었다.

찰박, 찰박!

발걸음 소리를 내며 자리를 벗어나는 그.

그런 그는 어떤 흔적도 남기지 않는다.

마치 신기루와 같이.

◐

"살인마가 항주에?"

"응. 벌써 스무 명이나 당했는데도 범인의 흔적조차 찾지 못하고 있다는 모양이야."

비연의 말에 소진은 이해 할 수 없다는 듯 고개를 갸웃거린다.

"항주에는 기륜문과 흑사당이 있지 않아? 각각 백도맹과 사황성의 지원을 받고 있는 곳으로 알고 있는데?"

"맞아. 그들이 나섰음에도 불구하고 흔적도 찾지 못했다는 거야. 벌써 백도맹과 사황성에서도 고수들을 파견했는데도 찾지 못했다는 것 같아. 그러는 사이 희생자는 계속해서 늘어가고 있는 추세고."

"다들 두 문파를 믿지 못하게 되었겠네."

소진의 말에 비연은 고개를 끄덕인다.

그녀의 말처럼 많은 돈을 내고 보호를 요청했음에도 보호가 되지 않는 상황이 오자 항주의 많은 이들이 기륜문과 흑사당에 실망을 하고 있었다.

아니, 두 문파를 뛰어넘어 백도맹과 사황성에 대해서도 실망하는 중이다.

두 문파의 뒤에 거대 세력인 그들이 있다는 사실을 모르는 사람이 없었으니.

그런 사실을 잘 알기에 백도맹과 사황성에선 보유하고 있는 고수를 파견했지만 그들조차도 범인을 잡아내질 못하고 있었다.

오히려 그들을 모두 따돌리고 새로운 희생자가 발생할 정도였기에 새로운 조력자들을 급히 파견하고 있을 정도였다.

일의 규모가 점점 커지면서 소문이 급속도로 퍼지고 있었는데, 소문이 퍼지는 와중에 검각으로 복귀하고 있던 비연의 귀에 걸려든 것이었다.

소진들은 검각의 임무를 끝내고 오랜만에 검각으로 돌아가 휴식을 취할 예정이었다.

하지만 이런 소문을 들은 이상 쉽게 복귀 할 수 없었다.

"우리가 이번 일을 해결하면 항주에 대한 권리를 회복할 수 있을 거야."

비연이 들뜬 목소리로 말했지만 잠시 생각하던 소진은 고개를 저었다.

"그렇지는 않을 거야. 백도맹과 사황성이 본각의 활동을 눈감아 주고 있는 것은 항주라는 확실한 금맥이 있기 때문인데, 그런 금맥을 빼앗기게 된다면 억지로라도 이유를 만들어서 움직이려 들 거야."

"그렇게까지 할까?"

"그러고도 남겠지. 거기다 항주를 우리가 차지한다 해도 그것을 유지할 능력이 없음이니 되려 독인 셈이야."

"아쉽네."

입을 다시는 비연.

확실히 지금 검각의 상황을 생각하면 항주를 포기하는 것은 무척이나 아쉬운 일이었다.

항주만 손에 넣을 수 있다면 여러모로 검각의 살림에 큰 도움이 되는 것은 사실이었으니.

검각이 과거의 성세를 많이 회복하고 있다고는 하지만 아직 절강성 전체를 휘두를 정도는 아니었다.

워낙 오랜 세월 봉문을 해오다 보니 영향력을 끼치던 문파들 중 많은 곳이 사라졌던 것이다.

지금 소진들이 하고 있는 것은 예전 검각의 영향력 아래 있었던 문파들을 지원하고 가르침을 내리는 것이었다.

그런 식으로 검각의 아래로 들어온 문파들은 크건 작건 검각에 지원을 하게 될 것이고 그것이 곧 검각의 살림이 되는 것이었다.

여인들로 이루어진 검각이기에 따로 상단을 꾸려 돈을 버는 것이 아니었기에 과거부터 이런 식으로 절강의 작은 문파들을 도우며 살림을 꾸려나가고 있었다.

애초 검 하나에만 집중하는 곳이 검각이었기에 사치와는 거리가 먼 곳이라 가능한 일이기도 했다.

과거엔 가끔 검각에 들리는 아미파의 비구니들이 자신들보다 더 청렴한 생활을 하고 있는 검각의 무인들을 보며 놀랄 정도였다.

어쨌거나 그런 식으로 영향력을 늘린 문파들이 좀 더 늘어난다면 모를까 당장 항주를 검각이 차지하기엔 무리가 따르는 일이었다.

게다가 겨우 사건 하나 해결했다고 해서 항주를 차지 할 수 있을 것이란 생각은 애초에 하지 않는 것이 좋았다.

아무리 실망을 했다 하더라도 결국 힘이 있는 곳으로 찾아가는 것이 사람의 마음인 법이다.

"이대로 우리는 검각으로 복귀 할 거야. 저쪽 일은 저쪽에서 알아서 처리하겠지. 백도맹이나 사황성 모두 만만한 곳은 아니잖아."

"그렇지."

고개를 끄덕이는 비연을 보며 빙긋 웃으며 소진은 일행의 발걸음을 재촉했다.

하지만 얼마 못가 소진 일행의 목적지가 급히 항주로 변경되었다.

"정연이가 맞아."

죽은 시신을 가려 놓은 천을 들춰 얼굴을 확인한 비연의 말에 소진의 몸이 가볍게 떨린다.

검각의 무인이 항주에서 실종 되었다는 소식에 급히 달려왔건만 결국 싸늘한 시신으로 발견이 된 것이다.

더 놀라운 사실은 흘려들었던 항주의 살인마가 벌인 짓이란 것이었다.

"아직 제대로 꽃도 피워보지 못한 아인데."

으득!

이를 악무는 비연.

정연은 검각의 제자로 검각이 제자로 받아 들인지 얼마 되지 않는 아이였다.

워낙 밝고 활기찬데다가 계산에 능통해서 검각의 물건을 구입하기 위해 밖으로 데려나왔던 것인데 이런 사단이 벌어진 것이다.

그녀와 함께 나왔던 검각의 제자들 몇이 훌쩍이고 있었

지만 소진은 차분히 시신을 인계 받을 것과 관에 넣어 검각으로 이송 할 것을 그녀들에게 명령했다.

본래 갈 곳이 없던 아이였으니 죽어서 만큼은 검각에서 편히 쉬게 해주어야 했다.

그렇게 검각에서 나온 아이들을 모조리 보내버리자 소진의 곁에 남은 것은 비연과 소진을 호위할 십여 명의 검각 무인들뿐이었다.

"본각의 제자를 죽인 범인을 찾겠어. 다른 문파의 도움은 받지 않을 것이기에 부담이 많겠지만 다들 최선을 다해 줄 것이라 믿어."

싸늘한 소진의 말에 비연을 비롯한 모두가 당연하다는 듯 고개를 끄덕인다.

다른 곳도 아니고 검각의 앞마당이나 마찬가지인 항주에서 검각의 제자가 죽임을 당했다.

검각으로선 결코 좌시 할 수 없는 일이었기에 그날부터 모두가 흩어져 범인을 찾기 위해 노력했다.

"놈은 모든 시신에서 장기를 하나씩 노렸어. 정연이 역시 콩팥이 하나 없었어. 가져간 장기는 빠르게 썩어서 역한 냄새가 날 것인데도, 아직까지 누구도 발견하지 못했다? 어떻게 생각해?"

비연은 기륜문의 협조로 얻어온 사건일지를 읽으며 소진에게 물었다.

다른 검각의 제자들이 바쁘게 이곳저곳을 돌아보는 동안 두 사람은 얻어온 정보로 상황을 파악하기 위해 움직이고 있었다.

"날고 기는 자들이 다 와서 수색을 했음에도 찾지 못했다는 것은 기존의 방법으론 놈을 찾을 수 없다는 거야."

"그렇겠지. 그럼 다른 방법이 있어?"

"우리는 다른 것보다 놈이 가져간 장기가 있을만한 곳을 찾아보자. 다른 방법은 다들 해봤을 거야."

그녀의 말에 비연은 잠시 얼굴을 찌푸린다.

아무래도 장기를 찾는다는 것이 그리 마음에 들지 않은 모양이었지만 이어지는 소진의 설명에 납득 할 수밖에 없었다.

"장기를 가져갔다는 것은 최소한 무엇인가를 하려고 가져 간 것인데, 그동안 벌어진 사건을 생각해보면 그것들이 충분히 썩어서 고약한 냄새가 날 것이 분명해. 그런데 아직 항주에서 그런 냄새가 난다고 신고가 들어온 곳이 없어. 결국 특별한 방법으로 장기들을 감추었거나, 처음부터 악취가 나는 곳에 숨겼다는 말이야."

"아……!"

"우리는 그곳을 찾아야해."

일단 탐색의 방향이 정해지자 소진은 밖에서 움직이던 제자들을 전부 불러 들였다.

그 뒤 직접 그녀들과 함께 항주 곳곳을 누비기 시작했는데, 더러운 시궁창에서부터 분뇨를 처리하는 곳까지 냄새가 나는 곳이라면 어디든 움직였다.

한편 그녀들의 움직임을 지켜보고 있는 자들이 있었는데 바로 기륜문과 흑사당에서 나온 자들이었다.

처음엔 그녀들에게서 뭔가 얻을 것이 있는가 싶었지만 곧 이어지는 그녀들의 행동에 실망하며 곧 전부 철수해 버렸다.

그렇게 며칠이 지나고 나서야 소진은 놈이 있을 만한 곳을 몇 군데로 축소시킬 수 있었다.

"윽! 몸에서 냄새가 사라지지 않는 것 같아."

목욕을 하고 나왔음에도 불구하고 투덜대는 비연을 보며 소진은 피식 웃고선 눈앞에 펼쳐져 있는 항주 지도의 몇 곳을 손으로 짚었다.

"항주에서 사용되는 고기들의 도축은 모두 세 곳에서 벌어져. 두 곳은 북쪽에 모여 있지만, 한 곳은 남쪽에 떨어져 있지. 이곳이라면 매번 피 냄새가 풍기는 곳이라 사람들의 접근도 없고 설령 접근한다 하더라도 큰 이상을 눈치챌 수 없었을 거야."

"하지만 그들 중에 무공을 익히고 있는 사람이 있을까? 무공을 익히고 있으면서 굳이 그런 일을 할 사람은 그리 많지 않을 텐데?"

비연의 말은 사실이었다.

도축을 하는 백정은 일반 백성들조차 꺼려하는 일이다.

매번 죽음을 눈앞에서 상대해야 하는.

피를 보아야 하는 일이기에 더욱 그러했는데, 그들 때문에 편하게 고기를 먹을 수 있음에도 대접을 제대로 해주지 않기에 무공을 익힌 사람이라면 당연히 그곳을 벗어나는 것이 정상이었다.

하다못해 낭인으로 떠돌아도 백정으로 벌 수 있는 것보다 더 많은 돈을 벌 수 있었다.

"등잔 밑이 어두운 법이야."

소진은 자신의 추측이 맞을 것이라 강하게 확신하고 있었다.

만약 이곳에도 범인이 없다면 항주 어디에서도 놈을 찾을 수 없다는 소리가 되기 때문이지만, 그녀의 감은 확신했다.

놈이 이곳에 있을 것이라고.

그런 감이 가장 크게 드는 곳.

"내일은 이곳으로 모두 함께 가보는 게 좋겠어."

남쪽에 동떨어져 있는 곳을 손으로 짚는다.

항주에서 꽤나 떨어져 있는 곳에 자리를 잡고 있는 도축장은 하나의 마을을 이루고 있었는데, 과연 이곳이 항주에

속하는 것인지 의심스러울 정도로 제법 거리가 있었다.

"생각보다 더 냄새가 심한데?"

비연이 얼굴을 찡그리며 말한다.

아직 마을에 들어서지 않았음에도 코끝을 찌르는 피 냄새가 사방에서 진동하고 있었다.

게다가 피부로 느껴지는 죽음의 기운까지.

지금까지 이곳에서 얼마나 많은 가축들이 죽은 것인지 쉬이 알 수 없을 정도로 마을 전체에 죽음의 기운이 번지고 있었다.

이런 곳에서 사람이 오래 살면 당연히 좋지 않다.

그럼에도 마을을 이루고 살아가는 것은 천대받기 때문이었다.

"저쪽에서 거래를 하는 모양이야."

그때 비연이 한곳을 보곤 소진에게 말하자 그녀의 시선이 그곳으로 향한다.

마을에서 좀 떨어진 곳에 꽤 큰 건물이 하나 있었는데, 그곳에서 막 도축된 신선한 고기들을 옮겨 싣고 있었다.

상인들조차도 마을 안으로 들어가지 않고 이곳에서 대부분의 거래를 하는 듯싶었다.

그러고 보니 한편에선 아직 살아있는 가축들을 도축하기 위해 끌고 오는 사람들도 있었다.

"무슨 일로 오셨소?"

건물로 다가가자 이곳의 관리인 듯한 노인이 소진들을 보며 고개를 갸웃거리면서도 물어온다.

여인들이 올 만큼 깨끗한 장소가 아님을 노인 스스로 잘 알고 있기 때문이었는데, 상인들 또한 신기한 눈으로 그녀들을 보고 있었지만 누구도 말을 걸지 않았다.

그녀들의 손에 쥐어진 검을 보았기 때문이다.

여인이라 하더라도 무림인인 이상 상인들이 개입해서 좋은 꼴을 보기 어렵다는 것을 잘 아는 것이다.

"물어 볼 것이 있어 왔어요. 이곳에서 도축 일을 하는 사람은 모두 몇 명이죠?"

"그걸 왜 물어보시는 겁니까?"

노인이 이상하다는 듯 묻자 비연은 즉시 답했다.

"우린 검각에서 왔어요. 이번에 항주에서 벌어지는 살인 사건의 범인이 이곳에 있을 것이라 의심하고 있어요."

"아이고, 말도 안 되는 말씀이십니다! 저희 같은 무지렁이들이 무엇을 안다고 사람을 해하고 다니겠습니까요!"

다급히 일어서며 말도 안 된다는 듯 손을 휘젓는 노인.

아무래도 노인은 무림인들이 마을에 나쁜 짓을 할 것이라 생각하는 듯 했다.

"마을을 둘러보고만 갈 것이니 걱정하지 마세요. 본 각의 이름을 걸고 결코 무고한 분들에게 피해가 가는 일은 없을 것입니다."

비연의 정중한 말에도 노인은 쉬지 답하지 못했다.

이곳에서 일을 하는 노인은 마을의 촌장으로 늙어 더 이상 도축을 할 수는 없지만 그동안 익힌 것들이 있다보니 일선에 나서서 상인들과 도축비용을 흥정하는 일을 하고 있었다.

촌장으로서 결코 마을에 해가 되는 일을 할 수는 없는 일이었지만, 눈앞의 자들은 사람도 죽인다는 무림인들.

쉬이 답변 할 수 없는 일이었다.

그렇게 노인이 우물대자 비연을 두고 소진이 나섰다.

"검후의 이름으로 약속하죠. 무고한 분들에겐 어떠한 일도 생기지 않을 거예요."

"그, 그것이……."

평생을 이곳에서 보낸 노인이 어찌 검후에 대해 알겠는가. 그저 칼을 들었으니 다 같은 무림인일 뿐이다.

그때 친분이 있는 상인이 재빨리 다가와 노인의 귀에 검후와 검각에 대한 정보를 알려 주었다.

그제야 노인은 조금은 안심 할 수 있었다.

최소한 무고한 이들을 쉬이 해치는 자들은 아니었으니까.

"정말로 아무런 일이 없는 것입니까?"

"약속하죠."

"알겠습니다. 제가 마을로 안내하도록 하겠습니다."

그 말과 함께 자리에서 일어선 노인은 자신의 일을 함께 일하는 자들에게 적절히 분배하곤 앞장서서 걸었다.

마을로 향하는 길에 소진들은 마을 사람들의 시선을 많이 받았다.

외부인들의 출입이 거의 없는 마을에 여인들이 단체로 들어섰으니 무슨 일인가 싶었던 것이다.

하지만 곧 그녀들이 들고 있는 검을 보고선 재빨리 고개를 돌린다.

그들도 무림인들과 엮여서 좋을 것이 없다는 것을 잘 알고 있기 때문이었다.

"어디를 보고 싶은 것입니까? 작다면 작지만 이곳도 꽤 큰 마을입니다."

노인의 말에 미리 이야기를 한 듯 비연이 답했다.

"도축을 하는 곳으로 가죠."

"그곳이라면 이곳에서 그리 멀지 않습니다만, 악취가 심할 것입니다."

"괜찮아요."

그녀의 대답에 노인은 고개를 끄덕이곤 곧 일행을 이끌고 도축장으로 향했는데, 꽤 큰 건물이 지어진 곳이었는데 안에서 기묘한 소리들이 울리는 것이 지금도 도축이 한 창인 모양이었다.

"이곳입니다."

노인의 안내에 도축장 안으로 들어서자 이곳저곳에 도축을 당한 채 해체당하고 있는 소와 돼지들이 가득했다.

그 모습에 몇 사람이 속이 울렁거리는 듯 했지만 끝내 자리를 벗어나진 않았다.

"보시면 아시겠지만 이곳에서 다루는 칼이 유난히 날카로울 뿐 다른 것은 없습니다."

노인의 말을 듣는 척 마는 척 하며 소진의 시선이 곳곳으로 향한다.

확실히 그 말대로 대부분의 사람들이 작업을 하다 말고 그녀들을 지켜보고 있었는데, 무공을 익히지 않은 평범한 자들이었다.

'없다? 내가 잘 못 생각한 것일까?'

이곳 안의 누구에게서도 무공을 익힌 흔적이 보이질 않는다. 그녀가 알아보지 못할 정도라면 대단한 고수라는 소리인데 그런 고수가 진짜 이런 곳에 있지는 않을 터다.

그때였다.

"아아, 오늘따라 왜 이리 소피가 보고 싶은 것인지."

손을 털며 반대쪽 문으로 들어서는 한 사내.

그 사내를 보는 순간 소진의 모든 신경이 곤두선다!

"저자다! 잡아!

그녀의 목소리가 울려 퍼짐과 동시 재빨리 검각 무인들이 도축장을 가로지르며 달려갔고, 안으로 들어서던 사내는 얼굴이 굳더니 곧 전력으로 뒤돌아서서 도망친다.

그 모습을 지켜보고 있던 노인의 얼굴이 멍해지지만 따로 설명을 해 줄 시간이 없었다.

파바밧!

빠르게 뒤를 쫓고 있음에도 불구하고 거리가 쉬이 좁혀지지 않는다.

일반인이 경공을 펼치는 무인들을 이리 쉽게 떨쳐낼 리 없으니 놈은 무공을 익히고 있는 것이 확실했다.

뿐만 아니라 분명 이번 사건의 범인이 분명했다.

소진은 일행의 선두로 나서며 명령했다.

"두 사람은 즉시 저 자의 집으로 가서 증거를 확보해!"

"명!"

파밧!

명령이 떨어지기 무섭게 후미의 두 사람이 떨어져 나간다.

"기륜문과 흑사당에 연락! 두 사람 가!"

"명!"

다시 후미의 두 사람이 떨어져 나간다.

그녀들은 각기 기륜문과 흑사당에 범인을 찾았음을 연락하고 이곳으로 그곳의 무인들을 안내할 것이다.

그렇게 모두 네 사람이 떨어져 나가자 소진을 포함해 일곱 밖에 남지 않았지만 소진은 그리 걱정하지 않았다.

"먼저 간다!"

짧은 말과 함께 지금보다 더욱 빠르게 움직이는 소진.

어느새 그녀는 도망치는 놈을 따라 잡고 있었다.

정신없이 도망치던 놈도 그런 사실을 알았던지 어떻게든 빠져나가기 위해 숲으로 달렸지만 그보다 먼저 따라 잡혔다.

"도망 칠 수 없다."

검은 면사를 휘날리며 검을 든 채 자신의 앞을 가로막은 소진을 보며 사내는 이를 악물었다.

하지만 곧 자신을 따라오는 것이 그녀들 밖에 없음을 깨닫곤 웃기 시작했다.

"계집들 주제에 날 잡으려다니. 후회하게 될 것이다."

채챙!

품에서 꺼내 든 것은 작은 단검 두 자루.

하지만 얼마나 많은 피가 묻은 것인지 검신이 붉게 물들어 있었다. 처음부터 그렇게 만든 것이 아닌 무수히 많은 피를 머금어 그리 변한 것이 분명했다.

검에서 뿜어져 나오는 사기(死氣)가 상상을 초월할 정도였다.

'마물이다!'

검을 꺼내 든 순간 변하는 사내의 눈을 보며 그녀는 확신했다.

무림에 떠도는 수많은 마물들 중엔 사람에게 악영향을 끼치는 물건들도 있었는데, 저 단검 역시 그런 종류의 것으로 보였다.

게다가 저만한 사기를 머금기 위해선 엄청난 숫자의 피를 보아야 하는데 눈앞의 사내가 그 많은 살인을 저지른 것 같진 않아 보였다.

'오랜 시간을 들여서 만들어진 마검이야. 대체 누가 만든 것이지?'

마물은 결코 우연히 탄생되지 않는다.

인위적으로 누군가가 만들어내는 것이 바로 마물이고, 저 단검 역시 누군가가 의도적으로 만든 것이 분명했다.

어떤 방식으로 그것이 저 사내의 손에 흘러 들어간 것인지는 모르겠지만 확실한 것은 이미 사내는 마검에 완전히 넘어 갔다는 것이다.

"죽어!"

팡!

짧게 외치며 달려드는 사내!

그 속도가 가히 깜짝 놀랄 정도였지만 검후인 소진은 어렵지 않게 그의 공격을 막아 낼 수 있었다.

사내 역시 공격이 먹힐 것이라 생각지는 않았는지 다른 손에 들린 단검을 빠르게 휘둘렀다.

두 자루의 단검이 빠른 속도로 교차하며 쉬지 않고 공격이 쏟아져 내린다.

카캉! 캉!

까앙!

불꽃을 튀기며 박진감 넘치는 공방이 이어진다.

기다렸다는 듯 사기를 가득 뿜어내는 단검에 영향을 받을 법도 하건만 소진은 태연히 그의 검을 받아 넘긴다.

상대를 하면 할 수록 이상하다는 것을 깨달았기 때문이었다.

분명 사내는 무공을 익히고 있었지만, 그리 대단한 것은 아닌 듯 했다.

그럼에도 손에 느껴지는 충격이 상당한 것이 어지간한 실력으론 공격을 모두 막아 낼 수 없을 정도다.

'마검의 영향인가? 하지만 이런 식으로 영향을 끼치는 마물에 대해선 들은 적이 없는데?'

자신도 모르게 얼굴을 찌푸리는 그녀.

어느새 사내는 자신을 포위하고 있다는 것도 잊은 것인지 미친 듯 소진에게만 집착하며 공격을 쏟아 붇고 있었다.

'선천진기! 그래, 그것이었어!'

찰나의 순간이지만 흔들리는 사내의 두 눈을 보고 소진은 그 힘의 비밀을 깨달을 수 있었다.

놀랍게도 마검은 사내의 선천진기를 마구잡이로 끌어다 쓰고 있는 것이다.

이대로라면 사내를 제압한다 하더라도 그리 오래 살지 못할 것 같았다.

"핫!"

짧은 기합과 함께 이제까지 방어만 하던 그녀의 검이 요란하게 움직인다.

허공에 그어지는 두 줄기의 빛.

푸확!

피가 허공으로 튀어 오른다.

떨어져 내리는 사내의 양팔.

어깨서부터 없어진 그의 팔이 무심이 떨어져 내리고, 분수처럼 뿜어져 나오는 피와 함께 사내의 신형이 쓰러진다.

재빨리 다가와 점혈로 지혈을 하는 비연을 뒤로 한 채 소진의 눈이 단검으로 향한다.

아직도 꿈틀대는 팔에 단단히 쥐어진 채 붉은 사기를 흘려대는 마검.

"비연. 저 자가 살아있는 것만으로도 충분히 범인이라는 것을 증명 할 수 있겠지?"

"집으로 증거를 찾으러간 얘들이 있으니까 어렵지 않을 걸? 왜?"

그녀의 되물음에 소진은 대답지 않았다.

대신 검에 자신의 내공을 불어 넣었다.

우우웅!

검명을 토해내며 강한 기세가 그녀의 몸에서 뿜어져 나온다.

검기가 솟아오르고도 더욱 집중하는 그녀.

모든 내공을 검에 불어 넣으며 고도로 집중하자 마침내 검기와 차원이 다른 무엇인가가 만들어지기 시작했고, 그 순간 그녀의 검이 휘둘러졌다.

쩌정!

키아아아!

괴성과 함께 부러지는 두 단검.

찢어지는 비명과 함께 검은 연기가 단검에서 솟아났다가 곧 사라진다.

"거, 검강? 방금 검강 맞지?"

"맞아. 아직 완벽한 것은 아니지만."

묵묵히 고개를 끄덕이며 검을 집어넣는 소진을 보며 비연은 벌어지는 입을 다물 수 없었다.

많은 내공이 있으면 강기를 만들어낼 수 있다.

하지만 방금 전 소진은 내공을 바탕으로 만들어내는 가까 검강이 아닌 진짜 실력으로 만들어내는 검강을 펼쳐 보인 것이다.

스스로 완벽한 것이 아니라고 했지만, 벌써 그녀의 나이에 검강을 조금이라도 다룰 수 있게 된 것은 엄청난 일이었다.

"와…… 따라 잡을 수가 없네!"

허탈한 듯 이야기하는 그녀를 보며 소진은 작게 웃으며 말했다.

"그래도 내가 검후야."

"그래 너 잘났다!"

투덜대며 일어서는 비연.

어느 사이에 저 멀리서 일단의 무인들이 빠르게 접근하고 있었다.

天魔衹土

6章.

6 章.

사황성주 사황신권(邪皇神拳) 사독은 이어지는 수하들
의 보고에 무표정한 얼굴로 손가락으로 자신의 태사의를
반복적으로 두드린다.

마음에 들지 않는다는 티를 대놓고 드러내고 있는 성주
를 보며 보고를 하는 자들의 얼굴에서 식은땀이 연신 흘러
내린다.

사황신권이라는 별호보단 이젠 권신으로 불리며 절대의
경지에 들어선 그이지만 아직도 많은 욕심을 지니고 있는
자였다.

"그러니까 결론만 말해서 지금 백도맹에 뒤지고 있다는
것이잖아. 맞지?"

"그, 그렇습니다."

보고를 끊으며 묻는 성주에게 고개를 숙이며 답하는 사내.

사황성의 장로 중 한 사람인 그가 고개를 식은땀을 가득 흘리며 고개를 숙여야 할 정도로 사독의 권력은 절대적인 것이었다.

"그럼 놈들을 뛰어넘을 방법을 찾아야 할 것 아냐, 방법을! 언제까지고 놈들에게 뒤지고 있을 거야? 이러다가 제 밥숟가락도 못 챙기는 놈들이 속출하면 어떻게 할 거야!"

쾅!

결국 사독의 분노가 터지며 회의장을 일거 침묵 속에 빠져들게 만든다.

그의 몸에서 흘러나오는 어마어마한 기세에 다들 짓눌린 것이다.

"왜 다들 벙어리가 되서 한 마디로 안하는 거야! 평소 잘난 듯 떠들어대는 그 입으로 뭐라도 말해야 할 것 아냐!"

살기까지 뿜어내는 그를 보면서도 자리에 한 이들은 고개를 숙여야 했다.

자칫 입을 잘못 놀렸다간 목이 떨어질 수도 있음이다.

"에잉! 다들 물러가! 다음번까지 제대로 된 계획을 가지고 와야 이걸 챙길 수 있을 거야."

손가락으로 자신의 머리를 툭툭 치며 말하는 사독을 보며 다들 얼어붙는다.

"멍청한 놈들!"

이를 갈며 자신의 집무실로 향하는 사독.

그가 이렇게 화를 내고 있는 것은 사황성이 점차 백도맹에 뒤쳐지고 있는 것이 피부로 실감이 될 정도로 느껴지기 때문이었다.

애초 사황성은 압도적인 강함을 자랑하는 자신을 중심으로 만들어진 곳이었다.

그렇다고 패마와 같은 방식으로 천마성을 세운 것도 아닌 기존의 사파들을 자신의 휘하로 끌어 들이다 보니 자연스럽게 기존 세력들이 제법 많이 남아버리게 되었다.

그동안 알게 모르게 그런 자들을 제거하며 자신의 기반을 탄탄히 하긴 했지만, 그래도 모자란 부분이 많았다.

특히 사파 무인들 중에 쓸만한 자들이 크게 없다는 것이 가장 큰 문제였다.

강자존을 부르짖으며 자나 깨나 수련을 하며 무식할 정도로 강해지고 있는 천마성의 마인들이나 구파일방과 오대세가 등으로부터 꾸준히 뛰어난 무인들을 공급 받는 백도맹과 달리 사황성은 자체적으로 무인들을 키워야 했다.

본래 사파는 기본적으로 음흉한 놈들이다 보니 아무리 그의 명령이 있었다 하더라도 문파의 귀한 전력은 내놓지 않고 있었다.

차라리 삼파전으로 중원을 놓고 치열하게 싸우고 있을 때가 그들의 협조가 더 원할 했을 정도다.

어쨌거나 그렇게 무인의 수가 부족하다 보니 조금씩 백도맹과의 영역 싸움에 밀리고 있었는데, 처음에는 영향력이 미비했지만 시간이 지날수록 그 격차가 눈에 보일 정도로 커지고 있었다.

그럼에도 불구하고 아직도 나 몰라라 하고 있는 놈들이 대다수라는 사실에 그는 화를 내고 있는 것이다.

"젠장! 본성이 무너지면 사파는 결코 놈들에게 대항 할 수 없다는 것을 모르는 건가? 빌어먹을!"

사파에 많은 애정을 두고 사파가 잘 먹고 잘 사는 세상을 만들어보려 했지만 결코 쉽지 않았다.

당장 자신의 앞에서야 죽는 시늉까지도 한다지만 자신이 없는 곳에선 무슨 짓을 벌일지 모르는 것이 놈들이다.

물론 이럴 때를 대비하여 사독은 사황성 자체 무인들을 상당한 규모로 늘려놓은 상태지만, 그렇다 하더라도 무인의 숫자가 부족한 것은 사실이었다.

어쩌면 이것은 사파의 태생 문제일지도 몰랐다.

사파라는 것이 좋게 불러 사파인 것이지 저잣거리의 왈

가닥 패들도 세력을 불리면 문파를 만들고 사파임을 내세우지 않던가.

그만큼 많은 이들에게 인정을 받지 못하는 것이 사파였다.

그나마 사독이 권신으로 불리며 사황성을 세운 이후 사파에 대한 인식이 대대적으로 바뀐 것이다.

"후우…… 답답하지만 화만 낼 수도 없는 일이고."

고개를 저으며 집무실로 돌아온 그는 거칠게 화주를 들이킨다.

더 좋은 술을 마실 수 있음에도 불구하고 그는 독하디독한 화주를 즐겼다.

목을 넘길 때 느껴지는 그 강렬함을 즐기는 것이다.

그렇게 단 숨에 한 병을 다 비우고서야 진정이 되는 듯 입을 닦으며 창가로 향한다.

사황성의 가장 높은 곳에 마련되어 있는 그의 집무실.

창가에 서자 거대한 사황성의 풍경이 한 눈에 들어온다.

이 모든 것이 자신이 패권을 쥐고 난 뒤 새로이 만든 것들이었다.

아무것도 없던 황무지에 돌을 쌓고, 건물을 세워 지금의 사황성을 만들어 낸 것이다.

"차라리 그때가 더 나았을 수도 있겠군."

과거를 떠올리며 피식 웃은 그의 신형이 돌아서며 자연

스럽게 등을 창가에 기댄다.

"들어와라!"

마치 기다렸다는 문 밖을 향해 말하는 사독.

그와 함께 문 밖에서 움찔하는 기척이 들리더니 곧 문이 열리며 세 사람이 안으로 들어선다.

가장 처음으로 들어선 것은 남자임에도 불구하고 어딘지 모르게 선이 약한. 좀 심하게 말해 계집처럼 생긴 사내가 들어섰는데 그가 바로 사독의 첫 번째 제자인 무자현이었다.

그 뒤로 꽤 큰 덩치와 강렬한 인상을 자랑하는 둘째 제자 원경배가 들어선다.

대단한 무골이지만 노력하는 것에 비해 실력이 크게 늘어나지 않는데다, 욕심은 많지만 그만큼 머리가 따라가지 않는 인물이었다.

마지막으로 을목단영이 들어왔는데, 그야말로 사황성의 후계자에 가장 가까운 인물이었다.

"제자 놈들이 한 번에 이곳을 찾다니 드문 일이로구나."

"그간 강녕하셨습니까, 사부님."

"강녕하셨습니까!"

대형인 무자현의 인사에 맞춰 두 사람이 고개를 숙이며 인사한다.

사실 같은 제자들이라곤 하지만 결코 사이가 서로 좋은

것은 아니었기에 이렇게 뭉쳐 다니는 것은 거의 없는 일이
었다.

"이번 일로 사부님께서 걱정이 많으시다 하여 찾지 않
을 수가 없었습니다."

"호, 제법 귀가 빠르구나."

첫째의 말에 재미있다는 듯 웃으며 대답하는 사독.

하지만 그 말엔 씨가 있었다.

회의가 파하자마자 그에게 달려가 회의 내용을 알리는
자가 있다는 것이었으니.

그것을 깨닫지 못한 무자현은 연신 입을 열었다.

"저희가 이렇게 찾아온 것은 다름 아니라, 좋은 계획을
세웠기 때문입니다."

"좋은 계획이라…… 그래 들어나 보자."

자신의 자리에 앉으며 말하는 사독을 향해 이번엔 셋째
제자인 을목단영이 입을 열었다.

"지금까지 본성은 백도맹에 연신 밀리고 있었습니다.
이젠 그것이 눈에 보일 정도이지만 아직도 상황을 깨닫지
못한 자들이 잔뜩이지요. 그래서 이번 기회에 현실을 깨닫
게 해주는 것이 좋을 것 같다는 것이 저와 사형들의 생각
입니다."

"현실을 깨닫게 해준다? 무엇으로 말이냐?"

호기심을 드러내는 사독을 보며 을목단영의 말을 막으

며 둘째인 원경배가 나섰다.

기분 나쁠 만도 하건만 한두 번 있었던 일이 아닌 듯 을목단영이 뒤로 물러선다.

"후기지수들의 모임을 개최했으면 합니다. 그곳에 가면 자연스럽게 깨닫게 될 것입니다. 자신들의 실력이 얼마나 보잘 것 없는 것인지."

"후기지수의 모임이라……."

"당장은 아니지만 차후 몇 년 안 분명 서로의 전력이 될 것이 분명하니 미리 알아두어 나쁠 것은 없다 생각합니다. 구룡무관의 존재가 있다곤 하지만 대부분 졸업하면 더 이상 보기 어려워지니 그들의 변화를 알 수 없지 않습니까. 하지만 이번 모임은 그들의 성장도 가늠 할 수 있음이니 좋은 기회의 장이 될 것이라 믿어 의심치 않습니다."

그렇게 생기지 않았음에도 매끄럽게 말을 하는 둘째 제자를 보며 사독은 속으로 웃었다.

'욕심 많은 녀석. 분에 넘치는 무공과 권력을 손에 쥐고서도 아직도 탐욕을 부리다니. 자신의 한계를 깨닫지 못하는 놈은 필요 없지.'

그렇지 않아도 자신의 귀에 원경배에 대한 좋지 못한 이야기들이 들어오고 있었기에 이번 기회에 사독은 아예 그를 자신의 후계자 반열에서 제외시켜 버렸다.

욕심에 눈이 멀어 주변을 돌아보지 않는 자는 결국 모두
를 죽음으로 몰게 되어 있기 때문이다.

'하긴 정상적인 놈들이 없긴 하지. 그나마 저놈이 쓸만
하긴 하지만…… 역시 부족해.'

패마의 제자를 떠올리니 절로 얼굴 표정이 나빠진다.

자신의 제자 중에 그나마 가장 쓸만한 것이 을목단영이
었는데, 그도 천도현과 비교를 해보면 부족한 것이 아주
많았던 것이다.

이래서는 결코 사황성의 미래가 밝다 할 수 없었다.

"모임이라…… 나쁘지 않겠군."

'자신의 위치를 깨닫는 것은 너희들 역시 마찬가지가
되겠지만…… 나쁘지 않겠지.'

이번 기회에 사독은 제자들을 좀 더 강하게 키워보고자
했다. 어차피 모임이 벌어지면 자신들의 부족함을 알게 될
것이다.

그것을 거울삼아 부족한 점을 채우면 좋은 것이고, 그러
지 못한다면 좀 더 좋은 자질의 아이를 제자로 들일 것이
었다.

"좋다! 너희의 생각대로 한 번 해봐라."

사부의 허락이 떨어지자 세 사람의 얼굴 표정이 달라진
다. 비록 가지고 있는 꿍꿍이는 다들 달랐지만 이것이 기
회라는 것은 변하지 않았다.

"감사합니다, 사부님!"

사황성의 주최로 후기지수들의 모임인 용봉지회가 열리
게 되었다. 오랜 시간 장소를 고민한 끝에 구룡무관이 가
까운 무한에서 개최하는 것으로 정해졌다.

그곳이라면 구룡무관과 가까우니 익숙한데다, 각 세
력의 비호를 받을 수 있는 곳이니 어쩌면 당연한 수순이
었다.

사황성이 주도 한다는 것이 처음엔 이상했지만 곧 백도
맹의 협조가 이어지며 무사히 열릴 수 있었다.

사실 용봉지회는 과거부터 존재했던 것이다.

무림에서 잘나간다는 후기지수들의 모임이었는데, 대부
분 큰 문파들의 자제들이 가입하곤 했다.

그런 모임이 사라진 것은 치열한 싸움이 연이어 벌어지
면서였는데, 어느 정도 평화를 유지하고 있는 지금 다시
열리게 된 것이다.

"쓸데없는 짓을 하는군, 그래."

용봉지회를 개최하니 협조를 바란다는 사황성과 백도맹
의 공문에 패마는 피식하고 웃었다.

패마의 눈에 비친 용봉지회는 그야말로 쓸모없는 짓이
었던 것이다.

이런 모임을 가질 생각에 조금이라도 자신의 실력 향상

174 천마비상2

을 위해 한 번이라도 더 검을 휘두르는 것이 낫다는 것이
패마의 지론이었다.

천마성 대부분의 무인들 역시 그 생각에 동의했다.

용봉지회라고 해봐야 결국엔 잘난체하는 모임이 될 것
이 뻔했기 때문이다.

그렇게 회의장에 모인 대다수가 필요 없는 일이라 생각
하고 있을 때 삼 장로가 입을 열었다.

"보통 때라면 필요 없는 일로 치부하겠습니다만. 이번
에는 본성도 적극적으로 대응하는 것이 좋을 것 같습니다,
지존."

"호? 왜인가?"

모두가 반대 할 줄 알았던 사안이기에 삼 장로가 반대하
고 나서자 패마가 눈을 빛내며 묻는다.

"기본적으로 용봉지회가 쓸모없는 것이란 것엔 저도 동
의하는 바 입니다만, 이번엔 소궁주님을 비롯한 몇 아이들
을 보내는 것이 좋을 것 같습니다. 이번 모임은 분명 무림
의 주목을 받을 것입니다. 그 과정에서 사황성과 백도맹
후계자들의 능력을 알아낼 수 있다면 그것으로도 나쁘지
않을 것입니다."

"흠…… 미래를 대비하자는 것인가?"

"일단은 그렇습니다."

"일단은?"

"예. 제일 큰 목적은 역시 소성주를 세상에 내보이는 것이겠지요. 소성주님을 내보임으로서 본성의 미래가 밝다는 것을 사방에 알리는 것입니다."

그의 말에 장로들이 고개를 끄덕이면서도 굳이 그럴 필요까지 있느냐는 반응이었다.

그에 삼 장로는 다시 입을 열었다.

"평소라면 저도 반대했을 것입니다만…… 꽤 재미있는 정보가 들려와서 말입니다."

"그게 뭔가?"

"백도맹주와 사황성주가 새로운 제자를 들이기 위한 준비를 하고 있다는 것입니다. 그 시기가 회의가 끝난 뒤였으니 소성주님을 만난 뒤 두 사람의 생각이 바뀌게 된 것이지요. 지금의 제자로는 미래를 대비하기 어렵다 생각했을 것입니다."

그제야 패마도 이해한 듯 고개를 끄덕였다.

굳이 자신의 제자라 하는 말이 아니라, 도현의 경우 뛰어나도 너무 뛰어났다.

다른 삼신의 제자와 비교해도 월등할 정도다.

"하긴…… 슬슬 세상에 내보내야 할 때긴 하지."

무공에도 어느 정도 익숙해진 도현이기에 그렇지 않아도 하나 둘 임무를 맡겨 볼 생각이었다.

그동안은 무공을 할 줄 모르니 제외했었지만 이젠 그렇

지 않으니 임무에 투입하며 천마성의 일들을 하나하나 가
르칠 생각인 것이다.

그렇게 생각하니 용봉지회도 나름 좋은 경험이 될 수 있
을 것 같았다.

"좋아. 삼 장로를 믿고 일을 추진해 보지."

"감사합니다, 지존."

"대신 이번 일은 자네가 나서서 지휘해야 할 것이야."

"맡겨 주십시오!"

삼 장로가 고개를 숙이는 것으로 도현이 용봉지회에 참
석하는 것이 확정되었다.

"용봉지회라……."

자신에게 전해진 소식에 도현은 얼굴을 찡그린다.

성으로 복귀한 뒤 다시 수련에 매진하고 있던 그였고,
근래 꽤 많은 것을 얻은 뒤라 밖으로 나가는 것이 탐탁지
않았던 것이다.

"쓸데없는 짓을 왜 이렇게 하려는 것인지."

혀를 차는 도현.

도현이 보아도 용봉지회는 쓸데없는 짓이었다.

친분을 나누는 것이라면 이미 구룡무관의 생활만으로도
충분하고도 넘쳤다.

그럼에도 이렇게 용봉지회를 따로 개최하는 것은 결국

서로의 전력을 탐색하고 있는 집안의 자식끼리 잘 지내보
자는 말과 같지 않은가.

그야말로 시간 낭비와도 같은 짓이었다.

"이런 바보 같은 짓에 참가할 사이에 한 번이라도 더 검
을 휘두르지. 쯧."

고개를 저으며 창 밖으로 시선을 돌리는 도현.

"그러고 보니 소진도 참석하려나?"

그나마 기대되는 부분이 있다면 소진이 이번 모임에 참
석 할 지도 모른다는 사실이었다.

용봉지회의 목적이 후기지수들의 모임이라면 그녀 역시
충분히 참석할 자격이 주어지기 때문이다.

실력으로 따지나 그 명성으로 따지나 검후를 따를 수 있
는 여자 무인이 그리 많지 않았으니.

"준비를 좀 해볼까?"

❂

그렇지 않아도 번화하여 많은 사람들이 오가는 무한이
소란스러워지기 시작했다.

십수 년간 열린 적이 없던 용봉지회가 이번에 대대적으
로 무한에서 개최되기 때문이었다.

이를 위해 각 세력의 무인들이 만약의 사태를 대비하

기 위해 무한으로 파견되었고, 용봉지회에 참석하는 후기지수를 구경하기 위해 많은 사람들이 무한으로 몰려들었다.

그런 사람들을 따라 장사치들 역시 무한으로 몰려들고 있었다.

삼신이 습격 받는 일이 있었음에도 쉬쉬한 덕분인지 무한은 예전보다 더 큰 성세를 누리고 있었는데, 그럼에도 불구하고 용봉지회를 개최 할 수 있을 만큼의 큰 건물을 빌리기 어려울 정도로 많은 이들이 오가고 있었다.

그러다 결국 낙점을 받은 것은 만화각이었다.

삼신의 습격이 있는 등 여러 가지 우환을 겪었지만 많은 보상금이 들어옴으로서 아예 건물을 허물고 새로 지은 만화각이었다.

때마침 그 공사가 끝나고 개장하기 전이었기에 만화각을 통채로 빌리는 것은 그리 어렵지 않은 일이었다.

용봉지회의 개최 날이 하나 둘 가까워지자 많은 후기지수들이 만화각으로 몰려들기 시작했는데, 하나 같이 한껏 멋을 낸 차림들이다.

상대에게 밀리기 싫다는 강력한 의사표현의 일종일 터다.

그렇게 용봉지회의 막이 올랐다.

"반갑습니다, 사황성의 무자현이라 합니다. 오늘 참석해주신 많은 무림 동도 여러분께 감사를 전하며 즐거운 자리가 되었으면 바랍니다. 어떤 은원이 있든 이 자리에서만큼은 눈감아 주시고 즐거운 자리가 유지될 수 있도록 부탁드립니다."

정중히 인사를 하며 모두의 앞에서 인사를 하는 무자현을 보며 눈을 빛내는 자들이 많았다.

사황성주의 세 제자들 중 첫째의 등장인 것이다.

게다가 세 명의 제자들 중에 가장 실력이 떨어진다는 것이 그에 대한 중론이었는데 오늘 보니 딱히 그런 것 같지도 않아 보였던 것이다.

그러는 사이 도란도란 이야기가 이곳저곳에서 오간다.

처음엔 각 파에 따라 나뉘어 있었지만 시간이 점차 흐르자 이곳저곳에 섞여드는 자들이 제법 있었다.

이번 기회를 발판으로 삼으려는 자들이 제법 많은 까닭이다.

사황성도 백도맹도 결국 자신의 실력과 인맥이 바탕 되어야 어느 정도 성공을 이룰 수 있었다.

특히 인맥은 가장 중요한 요소였다.

오로지 실력만 있으면 모든 것이 해결되는 천마성과는 전혀 다른 분위기인 것이다.

크고 작은 문파들이 모여 만들어진 곳이다 보니 어쩔 수 없이 일어나는 현상이었다.

"그리 보기 좋은 광경은 아니군."

주변의 상황을 지켜보던 도현의 작은 말 한 마디에 곁에 있던 우혁이 낮은 목소리로 대답한다.

"저들이 살아남는 방법이겠지요. 서로 살아가는 방식이 똑같을 수는 없는 일이지 않습니까."

"그렇기야 하지. 그래서 난 누구와 이야기를 나누면 되는 거지? 쓸만해 보이는 자들은 몇 되지도 않는 것 같은데."

술잔을 기울이며 말하는 도현에게 우혁은 말을 할 수 없었다. 사실 자신이 보기에도 실력이 있어 보이는 자들이 그리 많지 않았던 것이다.

그때 도현에게 접근하는 자가 있었다.

당연하다는 듯 비어 있는 맞은편에 자리하는 사내.

"이제야 얼굴을 마주 할 수 있겠군. 반갑네. 을목단영이라 하네."

사황성주의 셋째 제자이자 벌써부터 유력한 사황성의 후계로 떠오른 을목단영이었다.

"천도현."

"흠…… 자네 이름을 그렇게 알고 싶었는데, 이제야 알게 되는군. 하하하! 구룡무관에선 제법 고생을 했지 뭔가."

태연히 웃으며 말하는 을목단영.

도현의 이름 정도는 이미 무림에 퍼진지 오래기에 벌써 알고 있었을 텐데도 능청스럽게 이야기를 한다.

"같이 구룡무관에 입관을 했는데도 쉬이 볼 수 없었다는 것이 그저 아쉬울 뿐이지만, 이렇게라도 이야기를 나눌 수 있게 되어 참 다행이네."

연신 좋은 인상으로 이야기를 하는 을목단영을 보며 도현은 아무런 이야기도 하지 않았다.

오히려 그의 얼굴엔 따분함 마저도 느껴진다.

"슬슬 하고 싶은 이야기가 있으면 해보지 그래? 없으면 그냥 가도 좋고."

"……."

대놓고 귀찮다 말하는 도현의 말에 얼굴을 굳히는 그.

하지만 곧 웃으며 자리에서 일어선다.

"하하, 일정을 급히 잡다보니 오는 동안 힘들었던 모양이군. 오늘은 이 정도만 하도록 하고, 내일 다시 보도록 하세."

자리에서 일어나 돌아서는 을목단영의 얼굴은 차갑게 굳어 있었다.

안 봐도 그 모습을 알 수 있을 것 같았지만 도현은 겉으로 티를 내지 않았다.

"너무 차갑게 대하시는 것은 아닙니까?"

"괜찮아. 저렇게 해도 내일 다시 웃으며 접근할 걸?"

짧은 순간이었지만 도현은 을목단영이라는 자에 대해 많은 것을 파악할 수 있었다.

얼굴을 마주 하고 앉아 이야기를 한다는 것은 상대에 대해 많은 것을 알 수 있는 기회였고, 그것을 도현은 놓치지 않은 것이다.

그런데 을목단영이 일어서길 기다렸다는 듯 이번엔 백도맹주의 넷째 제자인 제갈강이 빈 자리에 앉았다.

"제갈세가의 소가주 제갈강이다."

"천도현."

고개를 끄덕이는 것만으로 인사를 대신하는 도현을 보며 제갈강의 얼굴이 순간 움찔하지만 그것뿐이었다.

말없이 자리에 앉아 도현을 보던 그는 피식 웃으며 일어섰다.

"하도 말이 많아서 찾았더니 그리 대단치 않군. 소문만 무성한 것이었던가?"

그 말에 도현은 큰 반응을 보이지 않았지만 되려 그의 곁에 앉아 있던 우혁들이 발끈한다.

하지만 그들보다 먼저 도현이 입을 열었다.

"요즘 제갈세가는 주둥이만 놀리는 것이 유행인 모양이지?"

"……뭐라 했나?"

"왜? 귀까지 먹으셨나?"

비웃음을 보이며 말하는 도현을 노려보던 그가 세차게 몸을 돌려 사라진다.

멀어지면서도 연신 이를 가는 소리가 들려오는 것이 분노를 주체하지 못하는 것 같았지만, 도현은 개의치 않았다.

'을목단영보다 못한 자로군. 가문의 힘이 없다면 백도 맹주의 뒤를 제대로 이을 수도 없는 재목이야. 당장은 사황성이 부족한 것이 많지만 을목단영이 성주에 오르게 되면 많은 것이 바뀌게 되겠어.'

도현의 판정은 냉정했다.

이곳에 도착하기 전 그들에 대한 정보를 충분히 숙지한 도현이다. 그렇기에 그들에 대한 판단을 금세 내릴 수 있었다.

"결론은 얻을 것이 없다는 건가?"

단숨에 술잔을 비우며 중얼거리는 도현.

그 모습에 곁에 앉아 호위를 하고 있던 우혁이 잠시 돌아봤지만 곧 다른 곳으로 시선을 옮긴다.

도현과 함께 왔던 광호들은 이곳저곳을 옮겨 다니며 이야기를 나누고 있었는데, 장로들의 제자라는 점 때문인지 많은 이들에게 둘러싸여 있었다.

특히 예미영의 경우 많은 남자들에게 주목을 받고 있

었다.

마도이화 중 하나로 꼽히는 그녀이니 어쩌면 당연한 일일 수도 있지만, 그녀는 싫은 티를 내지 않고 웃으며 모두를 상대하고 있었다.

어디까지나 자신들이 이곳에 온 것은 각 세력의 후기지수들에 대한 정보를 모으기 위함이다.

이미 정보를 아는 자들도 있고, 그렇지 않은 자들도 있지만 쓸만한 자들을 추려내기 위함이다.

그렇게 추려진 자들은 특별히 관리되며 주시하게 될 것이다.

지금부터 두각을 드러내는 자라면 분명 미래에도 큰일을 해낼 가능성이 높았으니까. 그것이 천마성의 앞을 가로막는 것이라 할지라도.

미리 상대에 대한 정보를 많이 가지고 있는 것이 어쨌거나 유리하기 때문이다.

그렇게 서로가 비수를 감춘 채 가면을 쓰고 용봉지회라는 모임을 즐기고 있을 때 한쪽에서 술렁이기 시작하더니 곧 한 무리의 여인들이 안으로 들어섰다.

이제 막 도착한 것인지 무복을 입은 채 들어선 그녀들.

선두에 선 여인이 잠시 주변을 둘러보는 듯싶더니 곧 발걸음을 옮겨온다.

도현을 향해.

"오랜만이에요, 오라버니."

소진이었다.

검각의 등장에 많은 이들의 시선이 몰리고 있었는데, 역시나 그녀들의 외모 때문이었다.

하나 같이 면사로 얼굴을 가리고 눈만 내놓은 그녀들이다 보니 자연스레 관심이 가는 것이다.

하지만 그보다 더 사람들의 이목을 이끌고 있는 것은 검후가 등장과 함께 천마성의 소성주를 찾았다는 사실이었다.

정파로 인식되고 있는 그들이기에 천마성과 아무런 접점이 없어 보였던 것이다. 게다가 무려 백년이나 봉문하고 있던 검각이 아니던가.

"사람들의 눈이 따갑네요."

주변에 눈도 돌리지 않은 채 찻잔을 들며 말하는 소진을 보며 도현은 피식 웃었다.

"안 벗겨지게 조심해라."

"익숙해요."

얼굴을 가린 그녀의 면사가 벗겨지면 어떤 사태가 벌어질 것인지 잘 알고 있는 도현이기에 주의를 주었지만 그런 면에선 소진이 훨씬 더 경험이 많았다.

아니, 면사를 쓰고 생활하는 빈도가 많았기에 면사를 쓰

고서도 차를 마시는 것 정도는 어렵지 않게 할 수 있을 정
도였다.

"오라버니가 오신다는 소식을 미리 들었다면 와서 기다
리고 있었을 텐데, 뒤늦게야 들어서 늦었어요."

"괜찮아. 어차피 네가 아니었다면 벌써 이 자리를 떠났
을 테니까."

태연히 말하는 도현의 말에 소진의 얼굴이 붉어진다.

자신을 만나기 위해 이곳가지 왔다는 이야기로 들린 것
이다.

그러고 보니 어느새 예미영이 빠르게 돌아와 도현의 곁
에 착 달아 붙어 있는 것이, 소진과 미묘한 대립각을 세우
고 있었다.

도현은 눈치 채지 못했지만.

"근래 검후에 대한 소문이 제법 소란스런 것이 꽤 바쁘
게 움직이는 모양이야? 특히 항주에서 있었던 일은 대단
하던데."

"헤헤, 제가 한 게 있나요? 다른 사람들이 다 도와주니
가능한 일이었죠."

"흥! 혼자선 아무것도 못하는 모양이네."

"……무슨 소리실까요?"

"어머, 술이 다 떨어졌네. 한잔 받으세요."

무시무시한 눈으로 자신을 쳐다보는 소진의 눈길을 무

시한 채 도현의 술잔에 술을 채워주는 미영.

그러면서 은근슬쩍 자신의 가슴을 도현의 팔에 밀착시킨다.

자신이 가진 최고의 무기를 적극적으로 활용하는 것이다.

이에 소진은 발끈했지만 입을 열지는 않았다.

'오라버니 앞에서 체통 없는 여자가 될 순 없어!'

필사적이다.

끓어오르는 속을 겨우겨우 진정시키며 소진은 도현을 보며 말했다.

"오라버니는 많이 좋아보이세요. 예전보다 훨씬 더 좋아지신 것 같아요."

"시간이 꽤 흘렀으니까. 그동안 수련에만 매진했거든."

"그렇구나…… 어쨌든 좋아 보이니 저도 기분이 좋네요."

면사위로 드러나 있는 그녀의 눈이 웃는다.

그것만으로도 지켜보고 있는 사내들의 심장을 사르륵 녹여버릴 정도였지만, 도현의 얼굴엔 변화하나 없다.

"오랜만에 뵙소이다, 검후."

"오랜만이오, 검후."

그때 두 사람이 다가오며 검후에게 인사를 건넨다.

을목단영과 제갈강이었다.

두 사람의 등장에 찰나의 순간이지만 소진의 얼굴이 일

그러진다.

구룡무관에 있는 내내 두 사람에게 시달렸던 것이다.

특히 제갈강의 끈질긴 요구는 그녀가 혀를 내두를 정도였다.

사실 도현이 구룡무관에서 나간 순간 두 사람도 그곳을 나가려고 했지만 결국 4년을 꽉꽉 채운 것은 바로 검후 소진 때문이었다.

면사 때문에 단 한번도 본적이 없는 그녀의 얼굴이지만, 그 위로 드러난 눈만 보더라도 그녀가 대단한 미인이라는 사실을 알 수 있을 정도였다.

게다가 검후라는 별호를 이어 받을 정도로 대단한 실력자다.

반하지 않을 수가 없는 상대인 것이다.

소진을 두고 을목단영과 제갈강은 4년 내내 대립각을 세우며 싸워왔는데, 도현과 너무나 편하게 이야기를 하고 있는 그녀를 보곤 질투심에 휩싸여 실례인 줄 알면서도 이야기를 끊으며 인사를 한 것이었다.

일단 인사를 받은 것이기에 소진도 할 수 없이 자리에서 일어났다.

"오랜만이에요, 두 분."

살짝 고개를 숙이는 그녀의 모습에 만족한 얼굴을 보이면서도 도현의 얼굴을 죽일 듯 바라보는 두 사람.

그 모습에 도현은 속으로 웃지 않을 수 없었다.

아까도 그랬지만 참 유치한 자들이었다.

게다가 자신에게 그런 취급을 당했다면 아무리 질투심이 강해도 이 자리에 오지 않는 것이 옳았다.

그럼에도 왔다는 것이 무엇을 뜻하겠는가.

'멍청하긴.'

결국 두 사람 모두 도현에게 멍청한 놈들로 낙인 찍혀 버렸다.

무림에서도 손에 꼽는 후기지수인 그들을 도현은 단 번에 멍청이로 만들어버린 것이다.

다른 사람들이 안다면 대경할 일이지만 도현에겐 당연한 일이었다.

적어도 그가 인정하는 후기지수는 그리 많지 않았다.

끊임없이 노력하는 우혁들과 눈앞의 소진.

적어도 지금으로선 그 정도 밖에 없었다.

"인사들 했으면 그만들 돌아가시지? 지금 이야기가 한창이라."

도현의 축객령에도 두 사람은 못들은 척하며 소진에게 말을 걸었다.

"못 보는 사이 더 아름다워지신 것 같습니다. 저쪽에 많은 정파인들이 기다리고 있으니 소개해 드리겠습니다. 함께 가시지요."

"절강에서의 영역 문제로 이야기를 하고 싶습니다만, 괜찮으시겠습니까?"

서로를 견제하면서도 웃는 얼굴을 잊지 않는다.

두 이야기 모두 검각에게 있어 도움이 되는 이야기이기에 그녀가 자신들을 따라 올 것이라 믿어 의심치 않았다.

하지만 그녀의 대답은 상상과 달랐다.

"죄송하지만 나중에 찾아뵙지요. 지금은 선약이 있어서요."

그녀의 대답에 순간 얼굴을 찡그리는 제갈강과 무표정한 듯하지만 눈썹이 움찔움찔 거리는 을목단영.

그 모습을 보며 도현은 다시 말했다.

"소진아, 우리가 어디까지 이야기했지?"

들으라는 듯 다정하게 소진의 이름을 부르는 도현.

갑작스런 도현의 다정한 부름이었지만 소진은 금세 도현이 무엇을 원하는지 알 수 있었다.

"저도 잊어 먹었어요. 시간은 많으니까 처음부터 다시 이야기하면 되지 않을까요, 오라버니?"

"그러지 뭐. 어차피 남아도는 것이 시간인데."

곧장 자신의 장단에 맞춰오는 그녀를 보며 도현은 웃으며 말했고, 그 모습에 옷자락이 휘날리도록 두 사람이 돌아서며 각자의 자리로 돌아간다.

돌아가서도 간간히 도현과 소진에게 시선을 주는 것이

쉬이 포기하지 않을 것 같았다.

"어쩌다 저런 놈들에게 걸렸냐?"

"남자 복이 없는 걸 탓해야죠."

한숨을 내쉬는 소진.

그러면서도 두 눈은 초롱초롱한 눈빛으로 도현을 바라본다. 그 순간 예미영의 손이 잽싸게 움직인다.

팡!

"어머, 어디서 파리가?"

어느새 그녀의 손에 들린 손수건이 활짝 펼쳐졌다 접혔는데, 그 위치가 공교롭게도 도현과 소진의 딱 중간이었다.

덕분에 그녀의 눈빛을 도현은 볼 수 없었다.

"호호호, 이런 곳에 파리가 있을 리가요?"

"아뇨, 분명 파리가 있었어요."

서로 눈을 부딪치며 목소리를 높여가는 두 사람을 보며 도현은 조용히 술을 넘긴다.

정작 편해 보이는 도현과 달리 우혁은 앉은 자리에서 먹는 음식이 소화가 되지 않는 것 같았다.

그러고 보니 어느새 주변에 몰려왔던 광호들이 멀찍이 거리를 벌리고 있었는데, 그 모습이 그렇게 부러울 수 없는 우혁이었다.

"오라버니 혹시 마물에 대해 잘 알고 계세요?"

"마물? 어떤 종류의?"

갑작스런 소진의 물음에 도현이 궁금함을 드러내자 소진은 품에서 조심스레 부러진 단검 하나를 내민다.

"이번 항주 사건에서 쓰였던 마검이에요. 지금은 힘을 잃었지만 그 전엔 지독한 사기를 내뿜고 있었어요. 게다가 범인은 삼류무인에도 못 미치는. 일반인이라고 불러도 좋을 정도였는데 선천진기까지 끌어다 쓰면서 꽤 강한 공격을 사용하더라구요. 아무래도 이런 건 오라버니쪽이 전문이잖아요."

보통 마인들에 의해 만들어지는 것이 마물들이다 보니 그녀의 물음은 당연한 것이었지만, 듣고만 있던 우혁의 얼굴이 그리 좋지 않다.

평소 냉정하고 차분하여 얼굴 표정의 변화가 별로 없는 그가 이렇게까지 반응할 정도로 그녀의 물음은 잘못되어 있었다.

"미안하지만 이건 본성의 전문이 아니야. 마물을 만들기 위해선 엄청난 피를 필요로 하는데, 본 성은 마공을 익히긴 했지만 타인의 피를 바탕으로 강력한 힘을 얻는 것은 사부님의 명령으로 금지되어 있거든. 쉽게 말해서 같은 마인이 만들었지만 우리가 전문이 아니라는 거지."

"아, 죄송해요."

도현의 설명에 그제야 자신이 무엇을 잘못한 것인지 깨달은 소진은 재빨리 고개를 숙여 사죄했다.

개인적으론 오래 전부터 알고 있는 오빠이지만 사적으론 천마성의 소성주인 것이다.

그녀의 사과를 받아들이며 도현은 단검을 살폈다.

비록 천마성이 마물을 만들어 내지는 않지만 그와 관련되어 있는 서적은 무수히 많았다.

본래 같은 마도무학이기에 어쩌면 당연한 일이었고, 그 많은 지식은 고스란히 도현의 머리에 담겨 있었기에 어찌 보면 소진의 선택은 탁월한 것이었다.

"음…… 이걸 일반인이 사용했다고?"

"네. 제압하지 않았으면 죽는 순간까지 자신이 왜 죽는 것인지 몰랐을 거예요."

"이런 물건을 만들 수 있는 자가 아직도 남아 있는 건가?"

단검을 살피며 도현은 고개를 갸웃거릴 수밖에 없었는데, 단검은 일반적인 것보다 조금 질이 좋을 뿐 평범하기 그지없었다.

허나 검신의 안까지 붉어질 정도로 많은 피를 머금었다는 것은 오랜 시간에 걸쳐 만들었다는 것인데, 굳이 마검을 만드는데 이렇게 평범한 검을 쓸 필요가 없는 것이다.

어차피 들이는 노력이 같으니 기왕이면 더 좋은 것으로

만드는 것이 이득이기도 했고.

"아직도 잔재해 있는 사기가 있는 것으로 봐선 꽤나 정성을 들여서 만든 것인데…… 이런 물건이 밖으로 나와 일반인의 손에 잡혔다는 것은 문제가 있는데?"

"그렇죠? 혹시나 싶어서 검의 구입 경로를 되짚어 봤지만 얻을 수 있는 것이 없었어요. 제 정신을 차린 사내도 길거리에서 구입했다고 해요. 게다가 얼마 못가 죽어버렸고."

"선천진기를 거의 다 썼으니 버틸 수 없었겠지. 마검을 쓰면서도 본래 하던 생활을 했다고?"

"네. 도축을 하는 자였는데, 평소엔 크게 다른 모습이 없었다고 해요."

소진의 말을 듣고 있으면 있을수록 도현은 이상하다고 생각했다.

마검이란 본래 주인이 아니면 쉽게 다룰 수 없는 기물이자, 반대로 주인을 현혹하여 죽음에 이르게 하는 마물이다.

선천진기를 모두 사용하게 하여 죽게 한 것은 이해 할 수 있었지만, 평소에는 일상적인 생활을 영유하였다는 것이 이해 할 수 없었다.

보통 마검에 침식되면 본능에만 충실하게 움직이기 때문이었는데, 단검에 쌓인 사기 정도라면 집착적으로 살인을 하고 돌아다녔을 확률이 매우 높았다.

"살인은 열흘 정도 주기로 있었고, 그 기간이 점점 짧아졌어요. 게다가 놈은 여인들만 골라서 죽였는데, 죽은 여인들에게선 장기가 하나씩 사라졌었죠. 사라진 장기는 놈의 방에서 모두 찾아 본래의 주인을 찾아갔지만, 끔찍한 일이었어요."

떠올리기 싫다는 듯 눈을 찌푸리는 소진.

그 모습에 도현은 웃으며 단검을 내려놓았다.

"이것만 보아선 단정 할 수 없지만 무엇인가 있는 것이 확실해. 본래 마검이라는 것은 쉽게 만들 수도 없지만, 그것을 이렇게 밖으로 내돌리는 것은 더욱 하기 어려운 일이거든. 게다가 검의 상태를 봐선 만들어진지 그리 오래되지 않았고."

"그럼 누군가가 고의로?"

"그럴 가능성이 높지. 조사를 해볼 필요가 있겠어."

중얼거리는 도현.

그 모습조차 멋지다고 생각하는 소진.

예미영의 날카로운 촉이 다시 한 번 발동한다.

"어머, 실수!"

도현의 술잔에 술을 채우는 듯 하더니 술잔을 교묘하게 엎지른다.

가득 찼던 술이 도현의 앞자락을 적시자, 예미영은 재빨리 품에서 손수건을 꺼내 정성스레 옷을 닦는다.

그것도 몸을 딱 밀착해서.

부담스러울 정도로 밀착해서 옷을 닦는 통해 그녀의 가슴이 강하게 밀착되어 오자 도현의 얼굴이 붉어진다.

"내, 내가 닦을게."

"괜찮아요. 다 했어요."

금방 된다 말해놓고선 한참을 도현의 품에서 꼼지락대고 나서야 만족스런 얼굴로 떨어지는 미영.

'말이 안통하면 몸으로 하면 되지!'

어차피 지금 두 사람 사이에 끼어들 틈이 없으니, 이런 식으로라도 도현에게 자신의 마을을 알리려는 미영의 술수였다.

붉어지는 도현의 얼굴을 보며 소진의 얼굴도 붉어졌지만 재빨리 호흡을 가다듬는다.

'참아야 해, 참아야 해.'

연신 참을 인자를 그리며 중얼거리는 소진.

그녀를 보고 있던 비연은 자신도 모르게 고개를 돌리고 웃는다.

천하의 검후가 이런 고민으로 끙끙대고 있다는 것을 알면 많은 이들이 놀랄 것이다.

"오, 오라버니 이후에 시간이 괜찮으시면 함께 범인을 찾기 위해 움직이시지 않으시겠어요? 아무래도 저 혼자

힘으로는 부족할 것 같아서요."

"죄송하지만 저희 소궁주님의 일정이 빡빡해서요."

소진의 말을 단숨에 자르고 들어오는 미영.

절대로 보내지 않겠다는 강렬한 의지를 내보이는 그녀의 모습에 소진도 순간 움찔할 정도였지만 이를 악문다.

그때였다.

딱!

도현의 주먹이 가볍게 미영의 머리를 때린다.

"적당히 해. 바쁠 것 하나도 없잖아."

"윽! 하지만……!"

뭐라 말을 하려다 말고 입을 다물곤 삐죽이는 미영을 두고 도현은 한숨을 내쉬며 말했다.

"좋아. 당분간 같이 움직여 보자. 아무래도 이 물건에 대해선 출처를 알아내야 하겠다는 생각이 강하게 들고 있거든. 사부님께는 미리 연락을 해두면 될 일이고."

"위험합니다. 절강은 본성의 영향력이 미비한 곳입니다."

우혁이 걱정스럽게 말을 했지만 도현은 걱정말하는 듯 소진을 보며 말했다.

"천하의 검후와 함께 움직이는 일인데 누가 방해를 하겠어. 안 그래?"

"맞아요! 절강에서의 안전은 제가 책임질게요!"

도현의 말에 환하게 웃는 소진.

으득!

멀리서 소진의 모습을 지켜보고 있던 제갈강의 얼굴이
일그러진다.

'저 계집년이!'

자신이 그렇게 잘 해주었음에도 불구하고 넘어오지 않
는 소진을 보며 제갈강은 이를 갈았다.

평소 제갈강의 외모와 가진 지위로 인해 그가 원했던 여
인들 대부분을 쉽게 차지 할 수 있었기에 소진 역시 그럴
것이라 생각했던 제갈강이다.

자신의 생각이 틀렸다는 것을 깨닫는 것은 오래 걸리지
않았지만 그것마저도 매력적이라 생각할 정도로 그는 소
진에게 푹 빠져 있었다.

그랬는데 자신과는 말도 제대로 섞지 않던 그녀가 천마
성의 소성주와는 말을 쉬이 할 뿐만 아니라 웃고 있었다.

비록 면사 때문에 자세히 보이진 않지만 그녀의 눈을 보
면 알 수 있었다.

웃고 있다는 것을.

'넌 내 것이다. 절대로 누구에게도 빼앗기지 않는다.'

위험한 눈길로 소진을 바라보던 제갈강의 눈이 도현에
게 향한다.

소진에 대한 집착이 점차 커지며 제갈강은 조금씩 위험한 생각을 하고 있었지만, 그 자신은 그런 사실을 잘 모르고 있었다.

天魔花土

7章.

7 章.

    용봉지회의 일정은 생각보다 일찍 끝이 났다.

    본래 열흘을 계획에 두고 있었으나, 도현과 검후들이 이틀 만에 빠지면서 자연스럽게 일정이 축소되었던 것이다.

    이를 두고 여러 가지 억측들이 난무했으나, 결국 제대로 밝혀진 것은 아무것도 없었다.

    비록 예정대로 치러지지는 않았으나, 자리에 참석한 대부분은 크게 만족하며 돌아갔다.

    새로운 인연을 만든 것도 좋았지만 용봉지회에 참석했다는 것만으로도 충분히 인정받은 것 같았던 것이다.

    사황성과 백도맹도 충분한 정보를 얻을 수 있었다.

두 세력이 집중적으로 탐했던 것이 바로 천마성의 전력이었는데, 역시 만만치 않음을 깨달아야 했다.

간간이 보이는 실력이 대단했던 것이다.

그 와중에도 도현에 대한 정보가 빠르게 퍼지고 있었는데, 그만큼 그에 대해 알려진 것이 크게 없기 때문이었다.

그렇게 모두가 헤어지고 있는 사이 도현들은 어느새 항주 인근에 도착해 있었다.

수로를 이용해 빠르게 움직인 덕분이다.

혹시나 따라 붙을지도 모르는 자들을 속이기 위해 도현들은 일단 천마성에 가는 척했다가 강 위에서 배를 옮겨 타는 수법으로 그들의 시선을 피했다.

간단한 방법이지만 어차피 얼굴이 그리 알려져 있지 않은 상황이기에 이런 방법으로도 충분했다.

실제로 항주까지 오는 동안 누구의 방해도 받지 않을 수 있었다.

"무한보다 더 크고 화려하네."

배 위에서 멀리 보이는 항주를 보며 도현은 놀라고 있었다.

무한도 대단히 큰 도시였지만 항주에 비하면 작다고 여길 정도다.

특히 수로가 잘 만들어져 있어 큰 배와 작은 배들이 부딪치지 않고 움직이고 있는데다, 사방에 상선들이 오가고 있는 것이 엄청난 물류가 움직이고 있음을 단번에 알 수 있었다.

"전통적으로 항주 인근에는 식량이 풍부하고 타국의 배들이 수시로 드나드는 곳이라 수많은 사람들이 오가는 곳입니다. 정말 배가 많을 때는 한번에 안으로 들어가지 못해서 배 위에서 한참을 기다려야 할 정도라 하더군요."

우혁이 자신이 아는 것을 알려주자 도현은 고개를 끄덕이며 연신 주변을 살핀다.

도현이라고 해서 어찌 그런 사실을 모르고 있겠는가.

하지만 아직 중원 곳곳을 둘러보지 못한 도현이기에 이렇게 처음 들리는 도시에 큰 관심을 드러내곤 했다.

우혁 역시 그런 사실을 잘 알고 있기에 더 이상 입을 열지 않고 그저 그의 옆에만 서 있는다.

그때 소진이 배 위로 올라왔다.

"항주에 처음 온 기분이 어때요, 오라버니?"

"대단하다는 소리 밖에 못하겠는데?"

"헤헤, 저도 처음 이곳에 왔을 때는 크게 놀랐을 정도니까요. 이곳에서 배를 타고 일주일 정도만 움직이면 본각이 있는 보타산이 나와요. 그곳에서 좀 더 가까운 곳도 있지만 아무래도 물건을 구하긴 이곳이 좋기 때문에 검각에서도 자주 이곳으로 나오곤 해요."

"그래? 하긴 워낙 돈이 넘치는 곳이라 사황성과 백도맹이 치열하게 싸우는 것이겠지만. 예전에 사부님께서도 이곳만큼은 절대로 내주지 않으려고 하는 통에 포기하셨다고 했거든. 사실 그리 필요 없기도 했지만."

"그런 일이 있었군요."

고개를 끄덕이며 도현의 말을 경청하는 소진.

그때 일행이 탄 배가 부두에 접안을 시도한다.

"어떻게 하시겠어요? 바로 가보시겠어요?"

"몸도 움직일 겸 그게 좋지 않겠어?"

도현의 말에 소진은 배에서 내리자마자 범인이 기거를 했던 도축촌으로 일행을 안내했다.

하루 종일 시간을 들여 그동안 범인의 행적을 따라 추적을 했지만 도현들이 얻을 수 있었던 것은 전무했다.

이미 꼼꼼하게 기륜문과 흑사당이 조사를 마친 뒤였기에 모든 흔적을 지웠던 탓이다.

"이거 흔적이 하나도 남질 않았는데요? 깨끗하게 지워졌습니다."

광호가 이곳저곳을 살피더니 고개를 흔든다.

마지막이라 생각하고 온 장소였기에 소진의 얼굴에 실망감이 맴돈다.

"이 방이 그 죽은 사내의 방이라면……."

잠시 주변을 살펴보던 도현은 광호를 향해 말했다.

"넌 가서 금방 죽은 돼지 피를 좀 얻어와. 검을 담글 수

206 천마
비상 2

있을 정도로 가득."

"예? 예. 알겠습니다."

고개를 갸웃거리면서도 곧 밖으로 나가는 광호.

도축장이기에 돼지 피를 얻어 오는 것은 금방이었다.

피를 방의 중앙에 놓은 도현은 소진에게서 부러진 단검을 받아 돼지 피에 담근다.

"본래 마검이라는 것은 주인이 공을 들여서 만드는 것이기 때문에 이렇게 부러지면 본능적으로 주인을 찾게 되어 있지. 게다가 피 맛을 봤으니 더 그럴 거야."

"이런 내용이 있었습니까?"

우혁이 묻자 도현은 말없이 고개를 끄덕였다.

지금 도현이 하고 있는 방법은 본래 마검을 만드는 과정 중의 하나다. 물론 사람의 피를 이용하는 것이 아니기에 그리 대단한 것은 아니지만.

어쨌거나 이런 방법을 통해 최소한 이것을 만들어 낸 자가 있는 방향을 알 수는 있는 것이다.

본능적으로 마검과 이것을 만든 자의 영성이 이어져 있기 때문이지만 굳이 거기까지 설명할 필요는 없을 듯했다.

우웅.

작은 소리와 함께 가라앉았던 단검이 떠오르더니 곧 빙글빙글 돌기 시작했다.

그러던 검이 멈춘 것은 한 방향을 가리키고 난 뒤였지만 얼마 지나지 않아 검은 다시 가라앉았다.

'끈을 잘랐다?'

그 모습에 깜짝 놀란 것은 도현이었다.

설마하니 마검과의 영성을 끊어버릴 줄은 몰랐던 것이다.

'이런 고위의 술법을 아는 자가 있다고?'

도현의 눈이 예리하게 마검을 살핀다.

"빌어먹을! 큰일 날 뻔 했잖아?"

식은땀을 닦으며 자리에 주저앉는 중년 사내.

근육으로 뒤덮인 몸과 달리 수염이 듬성듬성 자란 얼굴은 무척 보기 싫을 정도였다.

아니, 중년인의 외모 자체가 크게 좋지 않았다.

"마검에 대해서 알고 있는 놈이 있을 줄은 몰랐는데 말이야. 제길! 회수하려고 했었는데 아깝게!"

오랜 시간 공을 들여 만든 것이기에 언제고 회수하기 위해 그동안 영성을 끊지 않고 있었는데, 갑작스레 영성을 타고 간섭하려는 시도가 있었기에 중년인은 황급히 영성을 끊을 수밖에 없었다.

"누굴까? 천마성 놈들인가? 이름만 마인인 놈들이 마검에 대해서 알고 있을 것 같진 않은데…… 젠장! 이럴 때는 검이라도 하나 만들어야지!"

곧장 망치를 들고 뜨겁게 달구어진 화로에서 쇠를 꺼내어 두드리는 사내.

땅– 땅! 땅!

규칙적인 소리가 건물 전체에 울려 퍼진다.

의외의 보고에 빙설하의 손이 보고서를 향한다.

"마검은 기능을 완전히 상실했으며, 놈과의 접촉점은 완전히 사라졌습니다."

팔랑.

수하의 보고에도 아랑 곳 하지 않고 차분히 보고서를 전부 읽어 내려간 그녀가 천천히 입을 열었다.

"본교에서도 귀하게 다뤄지는 물건이 어째서 여기까지 흘러간 것이죠? 그에 대한 사항은 적혀있지 않군요."

"죄송합니다. 아직 제대로 파악하지 못하고 있습니다. 허나 지금 다들 움직이는 중이니 곧 범인을 찾을 수 있을 것이라 생각됩니다."

"사형 쪽은요?"

"별 움직임이 없습니다."

"가보세요."

빙설하의 말과 함께 모습을 감추는 사내.

홀로 남게 되자 빙설하는 다시 한번 보고서를 읽기 시작했다. 보고서의 내용을 아무리 읽어도 이해되지 않는 부분들이 제법 있었다.

교에서도 귀하게 여기는 보물이 바로 마검이다.

그런 마검이 밖으로 새어나간 것만 하더라도 큰일인데, 그에 대해 아직도 파악을 하지 못하고 있었다.

'결국 내부자의 소행이란 소리야. 그것도 꽤나 고위의. 마검으로 대체 무엇을 하려고 했던 것일까?'

그녀는 지금 사형인 허독량을 의심하고 있었다.

비록 두 사람이 같은 사부를 두고 무공을 익혔다고는 하지만, 본질적으로는 경쟁관계에 있었다.

사부의 뒤를 잇기 위해 치열한 싸움 중인 것이다.

'역시 감시를 해야 하는 건가?'

그녀의 눈이 차갑게 빛난다.

◐

단검이 가라앉자 도현은 더 이상 같은 방법을 시도 할 수 없다며 포기했다.

대충 얼버무리는 수준으로 답변하긴 했지만 다들 그러려니 하고 넘어갈 수밖에 없었다. 마검에 대해 아는 것이 없으니.

그에 반해 항주로 돌아온 도현은 홀로 방에 틀어 박혔다.

툭, 툭.

손가락으로 책상을 규칙적으로 두드리며 차를 마시는 도현. 멍하니 보이는 그의 머릿속은 빠르게 회전한다.

'무슨 목적이었을까? 놈들이었을까? 아니면 또 다른 세력이 있는 것인가?'

"알 수가 없네, 알 수가."

너무 많은 생각을 해서인지 머리가 아플 정도다.

그렇게 생각을 하고서도 알아낸 것이 없으니 더 골치 아픈 일이었지만, 당장으로선 어찌 할 수 없었다.

'이번 일은 더 이상 진행 할 수 없어. 어떤 위험이 도사리고 있는지 알 수 없을 뿐더러, 쉽게 접근 할 수 없다는 느낌이 강하게 들고 있으니.'

고민을 좀 더 하던 도현은 결국 모든 것을 포기하기로 마음 먹었다.

어차피 지금 고민해봐야 해결되는 일이 아니니 차후 비슷한 일이 생기면 그때 다시 고민하기로 마음 먹은 것이다.

그렇게 생각하자 마음의 여유가 생기며 무미건조하게 마시던 차의 맛이 다시 돌아왔다.

"이곳의 차도 그리 나쁘지 않군."

평소에도 차를 즐기는 도현이기에 이곳에서 마시는 차 역시 대단히 마음에 들어하고 있었다.

천마성으로 돌아갈 때 어느 정도 사서 갈 생각을 할 정
도로.

똑똑.

"들어가도 되겠습니까?"

우혁의 목소리에 도현은 직접 문을 열어 주었다.

"무슨 일이야?"

"성에서 연락이 왔습니다."

"성에서?"

편지를 펼쳐 읽어가는 도현의 얼굴이 점차 실망감으로
물들어 간다.

편지의 내용은 간단했다.

쓸데없는 짓 하지 말고 당장 성으로 복귀하라는 것이다.

연신 위험한 일에 뛰어드려는 도현을 억지로라도 복귀
시키려는 것이다.

아직 완성되지 않은 도현이기에 배워야 할 것이 많았기
에 더욱 조심스러울 수밖에 없었다.

"돌아오라는 군. 지금이라도 당장."

"준비하겠습니다."

짧은 말과 함께 소식을 전달하기 위해 빠르게 움직이는
우혁을 보며 도현은 피식 웃었다.

우혁 역시 내내 걱정을 한다 싶더니 결국 귀환명령을 가
장 환영하고 나서는 것이다.

그렇게 일행이 돌아갈 준비를 서두르자 다급해진 것은
소진이었다.

"벌써 가시는 건가요, 오라버니?"

"그래. 복귀 명령이 떨어졌으니 어쩔 수 없지."

섭섭한 듯 고개를 숙이는 그녀를 보며 도현은 소진의 머
리를 쓰다듬는다.

"다음에 또 보러 오면 되지. 걱정하지 마."

"정말요? 그 약속 꼭 지키셔야 해요!"

단 둘 밖에 없는 방이기에 면사를 쓰지 않은 그녀의 얼
굴이 환하게 빛난다.

어떤 남자가 보더라도 단숨에 영혼까지 빼앗길 미소였
지만 도현은 무덤덤하게 고개를 끄덕인다.

어릴 적부터 보아온 터라 예쁘다는 생각은 들지만 그 이
상의 생각이 들지 않는 까닭이다.

반대로 소진은 자신의 웃는 얼굴을 보고도 아무 변화가
없는 도현을 보며 더욱 기뻐할 수 있었다.

세상에 자신의 얼굴을 내놓고도 멀쩡할 수도 있는 사람
이 있다는 것이 더 없이 기뻤고, 그것이 자신이 좋아하는
사람이라는 사실이 그녀를 한 없이 기쁘게 만든다.

"준비 끝났어요!"

그때 허락 없이 방문을 열며 방으로 들어오는 예미영.

문 밖으로까지 느껴지는 기묘한 감각에 무례라는 것을

알면서도 재빨리 문을 열어 제친 것이다.

"그래? 내려가봐야 하겠군."

미영의 말에 도현은 곧장 밑으로 내려갔고 그리 되자 방에는 두 사람만이 남게 되었다.

처음 보는 것도 아닌데도 소진의 맨 얼굴을 본 미영은 입술을 깨물었다.

아무리 봐도 자신과 비교 할 수 없을 정도로 아름다운 얼굴! 몸 매 역시 결코 자신에게 뒤지지 않는다.

아니, 몸매에 있어선 강력한 자신이 있는 미영이다.

특히 남자라면 사죽을 못 쓰는 풍만한 가슴을 가진 것이 바로 자신이 아니던가.

말없이 서로를 노려보는 두 사람.

파지직!

"지지 않아요."

소진이 그 말과 함께 자리에서 일어서며 면사로 얼굴을 가리자 미영은 요염한 미소를 지으며 대꾸했다.

"누군 져준대?"

그 모습을 보며 소진은 방을 빠져나간다.

'역시 남자들은 가슴 큰 여자를 좋아하는 걸까?'

새삼 미영의 큰 가슴이 떠오르는 소진이었다.

과거 검각에선 좀 더 빠르고 예리하게 검을 놀리기 위해 여성의 상징이라 할 수 있는 가슴을 도려내는 짓도 서슴지 않았었다.

지금은 그런 전통이 많이 없어졌지만, 몇몇 검각의 고수들 중에는 여전히 가슴을 없앤 여인들이 있을 정도였다.

한때 그녀 역시 그런 생각을 하지 않았던 것은 아니었기에 그때 결정을 내리지 않은 것을 천만 다행으로 여겼다.

소진과 달리 예미영은 준비가 끝난 배로 걸어가며 그동안 망설이고 있던 것을 행하기로 마음먹었다.

'그래! 일단 몸부터 점령하는 거야!'

한동안 잠잠하던 그녀의 성격에 불이 붙었다.

◕

시간은 유수와 같다고 했던가.

눈이 쌓인 연무장에 홀로 오른 도현이 손에 쥔 검을 천천히 움직이기 시작했다.

여명이 떠오르기도 전의 밤.

파파팟!

검이 빠르게 움직일 때마다 주변의 눈들이 빠르게 사방으로 튕겨나갔고, 점차 연무장의 본래 모습이 드러나기 시작한다.

스스스!

자연스럽게 솟아오르는 검기.

어느새 떠오르기 시작한 아침의 일출과 함께 도현의 아침 수련이 끝나가고 있었다.

첨벙!

"후……!"

땀을 듬뿍 흘린 뒤의 목욕은 언제나 최고였다.

긴장되어 있던 근육들이 따뜻한 물에 조금씩 풀려간다.

그렇게 한참 시간을 들여 충분한 목욕을 즐기고 나서야 도현의 아침이 본격적으로 시작된다.

사부인 패마의 뒤를 잇기 위해 본격적으로 전면에 나서기 시작한 도현에게 처음으로 주어진 임무는 천마성의 돈의 흐름을 이해하는 것이었다.

본래 패마에게 가야 할 서류들이 점차 도현에게 주어지기 시작했고, 서류들을 처리하면서 도현은 천마성의 돈의 흐름을 확실하게 알 수 있었다.

천마성이 과거 항주에 욕심을 부리지 않은 가장 큰 원인은 천마성이 보유하고 있는 천하전장과 만금상단 때문이었다.

중원 삼대 상단 중의 하나인 만금상단과 역시 천하에서 손에 꼽히는 천하전장이 벌어들이는 돈은 엄청난 것이었다.

그 많은 돈이 모조리 천마성에 투입되기에 천마성의 무인들이 아무런 걱정 없이 무공을 익히는 것에만 집중 할 수 있는 것이다.

그렇게 돈을 벌고 천마성에 필요한 물건을 대어주는 곳이 몇 군데 더 있었는데, 그 모두를 합쳐 외성으로 구분한다.

즉, 무력이 없는 세력을 외성으로 구분하고 실질적으로 힘을 가지고 있는 곳을 내성으로 부르는 것이다.

외성에서 무력이 필요로 하여 요청을 할 경우 내성에서 움직이는 방식이었다.

외성에도 무인이 없는 것은 아니었지만, 마인이라 부르기 어려울 정도의 무공을 익힌 자들뿐이었다.

간혹 그들 중에서 큰 역할을 하여 내성으로 불려가는 자들이 있었는데, 그런 자들은 외성 무인들의 선망의 대상이 되곤 했다.

어쨌거나 그렇게 벌어들이는 돈이 막대하다 보니 무인들의 뒤를 도울 뿐만 아니라 그 가족까지 돌볼 수 있는 것이다.

어쩌면 패마에게 향하는 충성심은 가족까지 돌보는 섬세함 때문일 지도 몰랐다.

가진 것이라곤 힘 밖에 없는 마인들이다 보니 어떻게 가정을 꾸린다 하더라도 제대로 돈을 벌어다 주기 어려웠던 것이다.

그랬던 것이 천마성이 세워지고 그에 속하게 되면서 먹고 살 걱정이 없어졌으니 얼마나 좋은가.

'단숨에 천마성의 하위 무사들까지 사로잡은 가장 확실한 방법이었겠지. 이렇게 보고 있으니까 확실히 사부님은 대단하신 분이란 말이야?'

도현이 볼 수 있는 서류의 양이 늘어나면서 새삼 깨닫는 것은 사부인 패마의 대단함과 지금 천마성의 기틀을 만들어 낸 장로들의 노력이었다.

서류처리만이 도현의 일이 아니었다.

천마성 인근에서 벌어지는 사건에 대해서도 직접 움직여 해결을 하는 등, 성의 무인들과 호흡을 조금씩 맞추어 가고 있었다.

사실 본래 도현이 처리해야 하는 서류는 그리 많지 않았지만, 일부러 천마성을 파악하라는 의미에서 장로들이 처리하던 것까지 모조리 도현에게 주었었다.

그렇게 도현은 빠른 속도로 천마성의 소궁주로서 진심으로 인정을 받아가기 시작했다.

"흥, 흥."

즐거운 듯 몸단장을 새로이 하며 동경에 비치는 자신의 얼굴을 세심하게 살피는 미영.

육 장로 혈마음의 제자들 중의 한 사람인 예미영은 뛰어난 성취를 바탕으로 제자들 중에서도 크게 두각을 드러낼 뿐만 아니라 마도이화의 명성에 걸맞게 점차 그 미모를 크게 발산하고 있었다.

아니, 이젠 마도이화가 아닌 마도제일화로 불리고 있는 그녀였다.

같은 마도이화로 불리던 여인이 얼마 전 성대한 결혼식을 올렸기 때문이다.

"아, 결혼식 정말 멋졌지! 나도 그렇게 할 수 있을까?"

결혼식을 보고 온 뒤로 그녀는 더욱 도현에게 매달리고 있었다.

그렇지 않아도 소진과의 만남 이후로 때를 가리지 않고 도현에게 몸으로 부딪쳤던 그녀다.

오늘도 그럴 생각으로 열심히 몸단장을 한 것이다.

"자, 그럼 가볼까?"

가벼운 발걸음으로 그녀가 향한 곳은 도현의 집무실이다.

항상 같은 시간에 같은 일을 반복하고 있는 것이 근래 도현의 일상이었기에 오늘도 집무실에 있을 것이라 생각한 것이다.

"오라버니, 저 왔어요!"

대꾸도 없이 문을 열고 들어가며 도현을 찾던 그녀는 순간 움찔하지 않을 수 없었다.

도현 혼자 있을 것이라 생각했건만 놀랍게도 패마가 그 자리에 있었던 것이다.

"지, 지존을 뵈어요!"

재빨리 부복하며 외치는 미영을 보며 패마는 푸근한 웃음을 지으며 말했다.

"일어서거라. 예쁘게 꾸민 것이 엉망이 되지 않느냐."

"가, 감사합니다."

일어서면서도 차마 고개를 못 드는 그녀다.

이 천마성에서 패마를 앞에 두고 당당히 고개를 들 수 있는 것은 도현과 장로들을 제외하면 거의 없다.

지존을 눈앞에 두고 바로 본다는 것은 큰 불경이기 때문이다.

"사부의 제안을 잘 생각해 보거라. 사부도 이젠 많이 늙었느니라."

"앞으로도 충분히 오십 년은 버티실 수 있을 것 같습니다."

"허허, 입에 침이나 바르고 거짓말 하거라!"

도현의 어깨를 두드리며 방을 빠져나가는 패마.

그제야 미영은 긴장감을 풀어낸다.

"하아! 정말 놀랐어요. 설마 지존께서 와계셨을 줄은!"

"나도 갑자기 찾아오셔서 놀랐지. 일단 앉아."

도현의 말에 미영은 재빨리 도현의 곁에 앉는다.

은근히 팔짱을 끼는 그녀에게 도현은 슬쩍 팔을 빼며 말했다.

"저기 앉아. 저기."

"칫!"

혀를 차며 도현의 말대로 맞은편에 앉는 그녀.

"오늘은 무슨 일이야?"

"언제는 일이 있어서 찾아왔나요?"

당당한 그녀의 답변에 도현은 고개를 흔들었다. 하긴 하루가 멀다 하고 찾아올 정도이니 이젠 보이지 않으면 걱정이 될 정도다.

"근데 무슨 말씀을 하셨어요?"

"궁금해?"

"당연하죠!"

고개를 끄덕이는 그녀의 표정이 어딘지 모르게 귀엽다.

빙긋 웃으며 자리에서 일어선 도현이 한쪽에 마련된 다기를 이용해 차를 끓였는데, 뒤돌아선 도현은 보지 못했지만 미영의 얼굴이 붉게 물들어 있었다.

도현의 미소에 한방에 가버린 것이다.

'저, 저 미소는 정말 반칙이라니까!'

짝짝!

가볍게 자신의 뺨을 두드리며 재빨리 정신을 차린 그녀는 곧 도현이 가져다주는 차를 받아 들었다.

"예전에는 제가 자주 차를 끓였는데 요즘은 오라버니가 끓여주는 차가 더 맛있네요."

"뭐, 어쩌다보니."

웃으며 말하는 도현.

확실히 예전엔 그녀가 끓여주는 차를 마시는 것이 도현의 유일한 취미라 해도 좋을 정도였다.

그랬던 것이 이젠 직접 끓이는 것이 더 나을 정도로 발전한 것이다.

예미영으로선 섭섭한 일이었지만 이렇게 도현의 차를 대접 받을 수 있으니 그것 나름대로 나쁘지 않았다.

"그래서 무슨 이야기를 하셨어요?"

"별거 없었어."

잠시 뜸을 들이며 차로 목을 축인 도현이 말한다.

"빠른 시간 안에 손자를 보고 싶다고, 하루라도 빨리 식을 올리라고 하시더라고. 아무래도 우혁이가 결혼하는 것을 보신 뒤라 그런 것이겠지만."

쓰게 웃는 도현.

예미영과 함께 마도이화의 한 송이가 결혼을 한 것은 다름 아닌 우혁이었다.

우혁 역시 천마성의 차기 고수로서 인정을 받고 있는 처지였기에 충분히 마도이화를 취할 자격이 되었던 것이다.

그 이전에 오래 전부터 서로 약조를 하고 있었다는 것 같았지만.

"저, 저요! 제가 할 게요! 열이라도 낳을 수 있어요!"

손을 들며 흥분한 듯 외치는 미영!

그녀의 눈은 이미 미래를 그리고 있는 듯 몽롱하다.

"끄응……."

괜히 말했다 싶은 도현이다.

거의 반시진에 걸쳐 설득을 한 끝에야 도현은 미영을 안정시킬 수 있었다.

어찌나 힘들었는지 진이 다 빠질 정도였다.

"그럼 지금은 생각이 없는 거예요?"

"그래. 아직 그러기엔 젊기도 하지만 내가 이루어 놓은 것이 별로 없으니까. 우혁이야 약조를 한 것이 있으니 일찍했다지만 굳이 나까지 그럴 필요가 없잖아."

웃으며 말하는 도현.

그 모습에 미영은 고개를 숙이고야 만다.

눈앞의 둔탱이는 이렇게 격렬하게 자신이 반응하고 있음에도 장난으로 치부하고 또 넘어가고 있는 것이다.

"하아."

한숨을 내쉬는 미영.

아직도 넘어야 할 산이 많다고 느끼는 그녀였다.

'정말 선을 넘어야 하는 건가?'

어느새 먹잇감을 눈앞에 둔 짐승과도 같은 눈빛으로 도현을 바라보는 그녀.

그때 도현이 입을 열었다.

"조만간 밖으로 나가게 될 거야."

"밖으로요?"

갑작스런 말에 놀라며 묻는 그녀.

"오랜만에 다 함께 움직이게 될 거야. 이제 막 신혼인 우혁에게는 미안한 이야기지만 근래 좋지 않은 이야기가 많이 들리고 있어서 말이야."

"좋지 않은 이야기 라면요?"

"세외의 움직임이 그리 좋지 않아. 분명 그렇게 나쁜 관계는 아니었는데 근래 기묘한 움직임을 보이고 있단 말이지. 특히 서장 쪽이 말이야."

"하지만 세외의 일에 우리가 참견할 필요는 없잖아요. 자칫 중원에서 간섭한다는 오해를 받을 수도 있어요."

"알아. 단순히 그렇다는 것뿐이고, 우리가 가볼 곳은 신강이야."

"신강이요? 거긴 딱히 볼 것도 없는 땅이잖아요. 척박한데다가 농사를 짓는 것도 어려운 곳으로 아는 데요?"

그녀의 물음은 당연한 것이다.

비록 신강이 천마성의 영역이라곤 하지만 척박한 곳이라 그 영향력이 그리 크지 않은 땅이었다.

그나마도 서장을 오가는 무역상인들이 아니었다면 먹고 살기 어려울 정도가 그곳이었다.

"탁골문이라는 곳이 있는데 그곳에서 도움을 청했다는 것 같아. 정확한 내용은 아직 듣지 못했는데…… 곧 알게 되겠지."

탁골문은 신강의 패자로 강력한 외공을 바탕으로 거친 신강에서 살아가는 전사들이었다.

워낙 먹고 사는 것이 어려운 곳이다 보니 신강 곳곳에 도적이 많았는데, 탁골문의 주 수입은 그런 도적들을 막아내고 상단을 호위하는 상행위였다.

때론 도적떼를 소탕하여 놈들이 모은 보물을 가져가기도 하는 등 여러 가지로 중원과 다른 방식으로 문파를 유지하고 있었다.

그런 그들이 천마성에 도움을 청한 것은 스스로 천마성의 휘하에 들어가고 나서 처음 있는 일이었다.

탁골문이 비록 중원에선 그리 알아주지 않는 외공을 전문으로 하는 문파이지만, 엄연히 한 성의 패자다.

그런 그들이 도움을 요청할 정도라면 분명 심각한 일일 것이 분명했기에 천마성에서도 이번 기회에 신강에 대한 입지를 다질 겸 철저하게 준비를 했다.

그 준비 중 하나가 바로 소성주인 도현을 보내는 것이었다.

도현을 필두로 장로들의 제자들과 일 장로가 이끄는 마검대가 함께 움직이는 것이다.

가히 천마성 전력의 일 할이 움직이는 것과 같은 상황이었다. 천마성 전력의 일 할이면 어지간한 문파 정도는 금방 멸문해 버릴 수 있을 정도다.

그럼에도 불구하고 천마성은 만약을 대비하여 그만한 전력을 보내고도 언제든 즉시 지원 할 수 있게끔 지옥수라대까지 대기를 시켜 놓고 있었다.

"이 모든 것이 소성주님의 안전을 위한 조취입니다."

너무 준비가 심한 것이 아니냐는 도현의 물음에 일 장로는 오히려 준비가 모자란다는 얼굴로 답했다.

신강은 아직 정체를 알 수 없는 자들이 많은 곳이다.

그런 만큼 소성주인 도현의 안전을 위해 철저하게 대비하려는 것이다.

그렇지 않았다면 천마성 최강의 무력부대라는 마검대가 나서는 일도 없을 것이고, 지옥수라대가 언제든 움직일 수 있는 준비를 취할 일도 없었을 것이다.

탁골문의 문주는 굉륜 탁아함으로 굉장히 호전적인 인물로 잘 알려져 있었다.

외공의 고수로 당장 중원으로 향해도 손색이 없다는 평을 들을 정도로 강력한 고수였다.

탁골문은 신강 전체를 지배하는 강력한 패자이지만 반대로 말하자면 그만큼 신강에 무림 세력이 적다는 이야기였다.

아무리 굉륜 탁아함이 강하다 하더라도 그의 수하들은 전부가 강한 것은 아니었기에 내공을 익히고 있는 고수들의 등장에 속수무책으로 쓰러지곤 했던 것이다.

바로 지금과 같이 말이다.

"네놈들! 대체, 대체 무슨 속셈인 것이냐!"

얼굴을 가로지르는 큰 상처에서 끊임없이 피가 흐르며 시야를 가리고 뜯겨나간 왼다리와 오른팔에서 강렬한 고통이 느껴지지만 그는 눈을 부릅뜨고 물었다.

허나 눈앞의 흑의인은 말없이 검을 높이 든다.

"결코 죽어서도 용서치 않을 것이다!"

콰직!

입을 정확하게 찍어 누른 흑의인의 검과 함께 탁골문의 주인이던 굉륜이 죽임을 당했다.

그러고 보니 그를 중심으로 온 사방에 죽어 널 부러진 시신들이 있었는데, 하나 같이 잔인한 방법으로 죽어 있었다.

정상적인 시신을 찾기 어려울 정도다.

"처리는?"

"완벽합니다."

"다시 한번 살피도록. 쥐새끼 하나 살려두지 말아야 한다."

"명!"

사방으로 흩어지는 또 다른 흑의인들을 뒤로 하고 대장인 듯한 그는 천천히 발걸음을 옮긴다.

거대한 대문을 열고 밖으로 나서자 커다란 덩치를 자랑하는 한 사내가 기다리고 있었다.

족히 7척에 이르는 거대한 키와 강력해 보이는 육체를 지닌 그 이지만 눈을 연신 굴리는 것이 덩치에 어울리지 않은 비열함을 가진 것 같았다.

"어떻게 되었소?"

"약속대로 이곳에서 살아남은 자는 아무도 없을 것이오."

"흐…… 고맙소."

"우린 약속대로 움직였을 뿐이오. 그대로 명심하시오. 약속을 어기는 대가는 죽음뿐이라는 것을."

움찔!

온 몸을 파고드는 강렬한 살기에 덩치 사내는 움찔했지만 곧 고개를 끄덕인다.

"걱정 마시오. 난 목숨이 아까운 줄 아는 자이니까. 나 탁하랍에 의해 다스려질 탁골문은 절대적으로 그대들에게 충성을 다할 것이오."

탁하랍.

굉륜 탁아함의 친동생이지만 너무 뛰어난 형에게 가려져 많은 이들에게 주목을 받지 못한 자였다.

그가 다른 자들의 손을 빌려 형을 제거하고 탁골문의 주인이 되려 하고 있었던 것이다.

"자, 그럼 우선 천마성을 불러주시오."

"천마성을 말이오?"

"그렇소. 놈들의 힘을 알아 볼 것이니."

"……본 문엔 피해가 없어야 하오."

"약속하지."

흑의인의 말에 탁하랍은 고개를 끄덕였다.

그날 밤 탁골문의 문주는 새로이 바뀌었고, 천마성을 향해 전서응이 날아올랐다.

天魔飛上 8章.

8 章.

탁걸륜은 탁아함의 아들 중 하나로 넷째였다.

탁아함은 신강 대부분의 이들이 그렇듯 많은 부인을 거느리고 있었는데, 그들에게서 모두 일곱의 아들과 셋의 딸을 보고 있었다.

비록 어머니는 다르지만 아버지가 같기에 모두들 큰 질투 없이 화목한 가정을 꾸리고 있었지만, 그날 밤 모든 것이 바뀌었다.

덜덜덜.

동생들과 숨바꼭질을 하다가 우연히 찾은 비밀통로.

탁아함이 이곳에 오기 전부터 만들어졌을 그것은 누구도 모르는 오직 탁걸륜만의 비밀스런 장소였다.

그곳에서 탁걸륜은 몸을 떨고 있었다.

밖에서 연신 들려오는 비명소리들 때문에 귀를 막고 있을 정도로.

하지만 결코 밖으로 나가지는 않았다.

신강의 패자인 탁골문의 중추를 습격한 놈들이다.

'아저씨들이 제대로 힘도 못써보고 죽어가고 있어. 나 같은 아이의 힘은 도움이 되지 않아. 제길! 제길!'

탁걸륜은 많은 아들들 중에서도 유난히 총명하고 무골이 뛰어난 아이라 탁아함도 미래를 기대하는 아이였다.

그렇기에 지금 자신이 할 수 있는 일이 무엇인지 정확하게 판단을 내리고 있었다.

만약 밖의 가족들이 모두 죽는다 하더라도 걸륜은 결코 밖으로 나가지 않을 터였다. 자신까지 죽는다면 결코 복수할 수 없을 테니까.

게다가 이번 일을 벌인 것이 누구인지 알 것 같았다.

'분명 삼촌일 거야. 아버지가 삼촌은 탐욕이 많은 자라 가족이라도 항시 조심해야 한다고 하셨어.'

덜덜덜.

아직도 공포에 몸이 떨리지만 탁걸륜은 결코 자리에서 움직이지 않았다.

중원의 고수들은 아무리 멀리 떨어져 있고, 조심스레 움직여도 그 소리를 들을 수 있는 능력이 있다고 들은 적이 있었다.

내공에 대해 잘 모르는 이들이니 그리 생각 할 수도 있었다.

어쨌거나 그 소문 때문에 걸륜은 목숨을 구할 수 있었다.

비밀통로의 입구까지 오가던 자들이 사방을 살피다가 결국 사라진 것이다.

만약 서둘러 움직였다면 발소리에 분명 걸렸을 터다.

'이 상황을 타계하고 도움을 줄 수 있는 곳은……'

어린 그의 머리가 회전하기 시작한지 얼마 지나지 않아 한 곳을 떠올린다.

'천마성. 그래…… 아버지가 굴복했을 정도로 강한 그들이라면!'

걸륜이 조심스럽게 움직이기 시작했다.

비밀통로는 상당히 길어서 탁골문이 있는 마을에서도 상당히 떨어진 곳으로 이어져 있었다.

"반드시…… 반드시 복수 하겠습니다."

가족들의 혼이 떠돌고 있을 곳을 향해 맹세를 하며 탁걸륜은 달리기 시작했다.

탁골문이 삼촌의 손에 떨어진 이상 어디가서 도움을 청할 수도 없다. 오직 자신 혼자만의 힘으로 천마성으로 향해야 했다.

그의 발걸음이 중원으로 향하기 시작했다.

두두두!

일련의 기마기 빠른 속도로 이동을 하고 있었다.

먼지를 피워 올리며 관도를 빠르게 움직이던 그들이 멈춘 것은 해가 떨어질 때쯤이었다.

"이쯤에서 쉬는 것이 나을 것 같습니다."

"그렇게 하죠."

일 장로의 보고에 도현은 고개를 끄덕였는데, 지친 기색이 역력했다.

그 뿐만 아니라 일행 모두가 지쳐있었다.

천마성에서 신강까지의 거리가 엄청난 데다 오직 육로로만 움직이려니 그 피로도가 상상을 초월하고 있었다.

벌써 말을 타고 거의 쉬지도 않고 움직인 지 삼주가 지났음에도 목적지까지 열흘을 더 움직여야 할 정도다.

"또 이곳에 오라고하면 못오겠는데?"

작게 중얼거리는 도현의 말을 들은 것인지 근처에 주저앉으며 광호가 말을 받는다.

"그러게 말입니다. 그래도 끝도 없이 늘어선 험하고 높은 산들에 움직일 수 있는 길도 제한되어 있으니 이곳에 문파를 세운다면 그야말로 천혜의 요새가 되겠습니다."

그 말에 그제야 주변을 둘러보는 도현.

과연 광호의 말 대로였다.

끝없이 이어진 험준한 산들과 움직임이 제한되어 있는

관도. 누구도 쉽사리 접근 할 수 없는 곳임은 틀림없었다.

"하지만 너무 중원과 멀리 떨어져 있어. 활동하기에 결코 쉬운 자리가 아니야."

단리한이 광호의 곁에 앉으며 말하자 이번엔 예미영이 도현의 곁에 앉으며 이었다.

"게다가 이렇게 먼 곳에 있으면 필요한 물건을 제때 공수하지 못해서 고생 좀 할 걸? 조용히 힘을 키우긴 좋겠지만, 무림 활동이라는 것이 그것이 전부가 아니잖아."

"나도 그냥 해본 말이야. 다들 너무 진지하게 생각하지 말라니까?"

광호가 어깨를 으쓱이자 모두들 작게 웃는다.

하도 먼 길을 달려온 탓에 일행은 간단하게 저녁을 해결하곤 불침번을 정한 채 잠이 들었다.

이미 움직이는 동안 충분히 노숙에 익숙해졌기에 금세 깊은 잠에 빠져든다.

그렇게 시간이 흐를 때쯤이었다.

축시쯤이 되었을 때 불침번을 서는 무인들이 소란스러워지기 시작하더니 곧 도현까지 일어나야 했다.

"물에 아이가 떠내려 왔다고?"

일행이 노숙을 하는 곳은 강에서 그리 멀지 않은 곳이었는데, 불침번을 서는 도중 우연히 강에서 떠밀려 내려오는 아이를 발견한 것이다.

죽었다면 모를까 아직 숨을 쉬고 있는지라 일단 건지고 난 뒤 상급자에게 보고 한 것이 이젠 도현에게도 전해진다.

"흠…… 이 위로 마을이 있었던가?"

일 장로의 물음에 근처 지리를 잘 파악하고 있던 수하 하나가 고개를 저었다.

"이곳에서 이틀 반경 안에는 마을이 없는 것으로 알고 있습니다. 이 강도 하루 앞에서 발생되는 것으로 그리 길지 않습니다."

"그렇다면 이 아이는 대체 어디에서 온 것이지? 제법 상처가 가득한 것이 아이의 몸으로 상당히 무리를 한 것 같은데."

일 장로가 걱정이 가득한 눈으로 쓰러진 아이를 바라본다.

평소 냉정하고 표정의 변화가 없는 검마지만 아이들에게 만큼은 다양한 표정을 보이는 그다.

과거 그의 하나 밖에 없던 자식을 잃었기에 더욱 아이들에겐 잘 대해주는 것일 지도 몰랐다.

"일단 출발 할 때까지 보호하는 것으로 하지요. 출발하기 전에는 깨어나지 않겠습니까."

"알겠습니다."

도현의 말에 일 장로가 고개를 숙인다.

공적으로 나온 이상 검마도 도현에게 쉽게 말을 놓을 수 없었고, 도현도 일 장로인 검마에게 쉬이 명령을 내릴 수 없는 위치였다.

천마성의 일 장로에게 명령을 내릴 수 있는 존재는 단 하나.

천마성의 주인뿐이었기에.

"으으……!"

신음소리와 함께 탁걸륜은 힘들게 눈을 떴다.

바짝 마른 입술에 목이 말라오자 마치 기다렸다는 듯 따뜻한 물이 조금씩 입술을 통해 흘러 들어온다.

그러는 사이 흐리던 시야가 완전해졌다.

"이제 우리가 보이느냐?"

벌떡!

재빨리 자리에서 일어나 주변을 경계하는 탁걸륜.

그렇지 않아도 놈들의 손길을 피해 천마성으로 향하던 중이었기에 자신이 기절한 사이 놈들에게 붙들린 것은 아닌지를 의심하고 있었다.

그런 걸륜의 생각과 달리 걸륜이 사라졌다는 사실을 모르는 그들은 아무런 대비도 하지 않고 있었다.

"누, 누구 십니까?"

떨리는 목소리로 묻는 걸륜에게 도현은 사람 좋은 미소를 지으며 답했다.

"정체를 묻기 전에 자신의 소개를 먼저 해야 하는 것이 옳지 않느냐?"

"아……."

그 말에 고개를 끄덕인 걸륜은 이들이 자신을 쫓는 자들이 아니며, 오히려 저들에게 구함을 받았단 사실을 뒤늦게 깨달으며 허리를 숙였다.

"구해주셔서 감사합니다. 저는 탁걸륜이라고 합니다."

"탁걸륜? 탁아함의 넷째?"

걸륜의 소개에 의외라는 목소리로 말을 한 것은 광호였다.

상황이 새로운 국면에 접어들고 있었다.

"그러니까 정체를 알 수 없는 자들에 의해 문주가 죽고 정예가 많이 희생을 당했다는 것이냐?"

"예. 한 치의 거짓도 없는 사실입니다."

걸륜은 눈앞의 사내가 천마성의 소성주라는 사실을 깨닫고선 그동안 있었던 모든 일을 하나도 빠짐없이 이야기했다.

이야기를 모두 듣고 난 도현의 표정이 좋지 않았다.

"일단 뭘 좀 먹으면서 쉬고 있거라."

말과 함께 뒤에서 기다리던 수하에게 눈짓하자 곧 그가

걸륜을 데리고 한쪽으로 사라진다.

"어떻게 생각하십니까?"

곁에 앉아 있던 검마에게 의견을 구하는 도현.

"곤란하게 되었습니다. 아이의 말이 사실이라면 이번 일은 함정일 것이 분명합니다. 문제는 함정인 것을 알면서도 움직여야 한다는 것입니다. 일단 아이의 삼촌인 탁하랍이 공식적으로 본성에 도움을 청했습니다. 이대로 요청을 묵살한다면 신강은 본성의 지배에서 벗어나게 될 것입니다. 그렇다고 함정인 것을 알면서도 찾아 갈 수도 없는 일이니……."

검마가 말끝을 흐린다.

안위만 생각한다면 두말 할 것도 없이 이 자리에서 말머리를 돌려야 했지만, 천마성 전체를 생각하면 신강은 쉽게 잃을 수 없는 패였다.

신강은 비록 인구도 얼마 되지 않고 척박한 땅이지만, 서장과 관문이 되어 주는 중요한 길이었다.

당장 천마성 소속의 만금상단에서도 신강의 길을 안전하게 이용하는 것만으로도 충분히 큰 이득을 벌어 들이고 있었다.

만약 신강을 이용하는데 방해가 들어온다면 큰 손해를 볼 수도 있는 것이다.

거기에 가장 중요한 것은 천마성의 자존심이 달렸다는

것이다.

적이 기다린다고 해서 이제까지 발을 뺀 적이 단 한 번도 없는 천마성이다.

강력한 힘으로 적의 모든 것을 부수어온 전력이 있다보니 검마로선 쉬이 발을 빼기 어려웠다.

아니, 검마 스스로가 이곳의 지위자였고 도현들이 없었다면 두 말 할 것도 없이 탁골문으로 향했을 것이다.

결국 문제는 도현들이었다.

아무리 이런저런 일을 하며 꽤 경험을 쌓았다고는 하지만 함정에 뛰어드는 일이다보니 자칫 목숨을 잃을 수도 있는 문제였다.

게다가 천마성을 도발할 정도이니 놈들이 얼마나 철저하게 준비를 했겠는가.

"본성에서 저희가 출발했음을 알린 적이 있습니까?"

"출발 할 때 전서응으로 충분한 인원이 갈 것이라고 알린 적은 있지만, 어떻게 구성이 되어 있는지는 알리지 않았습니다."

"다행이군요. 이대로 탁골문으로 가죠. 아무리 많은 준비를 했다 하더라도 본성 최고의 무력부대인 마검대가 아닙니까. 게다가 일 장로님께서도 계시니 어떤 위험이든 충분히 돌파 할 수 있을 겁니다."

도현이 바른 눈으로 자신을 바라보며 이야기하자 검마

는 미소 짓지 않을 수 없었다.

자신을 믿어주는 눈을 배신 할 수 없는 것이다.

"알겠습니다. 그럼 한 번 해보도록 하지요. 놈들이 어떤 준비를 하고 있는지 모르겠지만 본 성에 싸움을 건 것을 후회하게 될 것입니다."

"당연히 그래야 할 겁니다. 만약을 위해 준비하고 있던 지옥수라대도 즉시 움직이라 전하도록 하죠. 어쩌면 뒷정리가 길어질지도 모르는 일이니."

"그리 하겠습니다."

든든한 말투로 상황을 정리하고 지시까지 내리는 도현을 보며 검마는 흐뭇한 미소를 지었다.

본래 마검대만 따라 가기로 하고 자신은 빠지기로 했었는데, 억지로 참여하길 잘한 것 같았다.

●

어두운 밤하늘 구름한 점 없이 둥글 달이 떠오르자 인공적으로 만든 연못임에도 꽤나 운치가 있다.

연못 옆으로 만들어진 정자에 홀로 앉아 소홍주를 마시고 있으니, 이보다 좋을 수가 없다.

"후…… 역시 소홍주가 제일 좋군."

허독량은 입안으로 느껴지는 소홍주의 진한 향기에 만

족하며 비어버린 술잔을 다시 채운다.

"방해하지 말라고 했을 텐데?"

아무도 없는 허공을 향해 말을 했음에도 불구, 곧 그의 앞으로 흑의인이 부복을 하며 모습을 드러낸다.

"죄송합니다. 허나, 지급으로 온 연락이라……."

"쯧. 무슨 일이야?"

"탁골문의 준비가 끝났다고 합니다. 이미 천마성을 일 단의 인원이 빠져나왔으며, 벌써 탁골문을 며칠 앞둔 거리 라고 합니다."

"호……."

흥미 없어 보이던 그의 눈이 빛을 발하며 술잔을 내려놓 는다.

"이번에 투입된 인원이 몇이지?"

"금령주 셋과 은령주 다섯, 동령주 열 입니다."

"많군. 총인원은?"

"팔백여 명입니다."

고개를 끄덕이는 허독량.

말이 팔백 명이지 어지간하게 큰 문파의 전체 인원과 맞 먹는 숫자다.

거기에 금령주가 셋이나 포함된다면 충분히 이번 일을 성공하고도 남을 것이었다.

"그동안 천마성 때문에 많은 계획을 망쳤다는 것을 감

안했겠지?"

"예! 그렇기에 기존에 금령주 한 명만 투입될 것을 무려 세 명이나 넣은 것이 아닙니까. 위에서도 많은 기대를 하고 계신 것으로 알 고 있습니다."

"좋군! 그래서 실행일은?"

"이미 준비가 끝났고 놈들이 도착하는 즉시 일을 시작한다고 합니다. 길게 끌어서 좋을 것이 없다는 것이 지휘부의 판단입니다."

수하의 보고에 허독량은 만족스러운 듯 술잔에 가득찬 술을 단숨에 들이킨다.

"이번에는 실수가 없어야 한다."

"명!"

스스슥.

나타날 때처럼 모습을 감추는 수하를 뒤로하고 그의 시선이 등 뒤의 달을 향한다.

"이번엔 빠져 나갈 수 없을 거다."

두두두!

빠르게 움직이는 마상에서 도현의 머리는 복잡하게 돌아가고 있었다.

거의 온 정신을 집중하고 있는 상태였기에 그저 본능적으로 선두를 따라가고 있는 형상이었다.

'오랜 시간 잠잠하던 놈들이 결국 일을 벌인 것일까? 아니면 다른 상대인 것인가? 세외가 시끄럽다고 하니 놈들일 가능성도 있지 않을까?

복잡하게 돌아가는 머리 속.

하지만 결론은 같았다.

어떤 상대든 결국 맞서 싸울 수밖에 없었다.

다만 걱정 되는 것이 있다면 정체를 알 수 없던 그들이라면 되도록 이 싸움을 피하고 싶다는 것이 도현의 솔직한 마음이었다.

꽤 오랜 시간을 조용히 지내던 놈들이다.

그런 자들이 다시 움직이기 시작했다는 것은 분명 강력한 준비를 했다는 것과 같은 말이기 때문이다.

겉으로 드러나 있지 않은 적은 무서운 법이다.

평소라면 1의 힘으로 막을 수 있을 것을 최소 3, 4를 써야 막을 수 있을 정도로.

이미 대비할 수 있는 것에도 한계가 있는 법이라 움직이는 내내 도현의 머리가 복잡하게 움직일 수밖에 없었다.

그러는 사이 빠르게 이동을 한 도현들이 마침내 탁골문과 하루거리에 접어들었다.

"이곳에서부턴 되도록 조심하시는 것이 좋아요. 곳곳에 탁골문의 눈들이 숨어 있으니까요."

마을에 들어서기 전 일행과 함께 이동을 한 탁결륜의 말에 도현은 고개를 끄덕이다 무슨 생각이 떠오른 것인지 녀석을 보며 물었다.

"그러고 보니 비밀 통로를 통해 빠져나왔다고 했지? 아직 들키지 않았을까?"

"모르겠습니다. 하지만 절 쫓지 않았다면 발견되었을 확률은 극히 적을 것이라 생각합니다."

"통로 크기는?"

"그리 크지 않습니다만 제가 뛰어다닐 정도는 되었습니다."

아직 아이인 그가 뛰어다닐 정도라면 적당히 허리를 숙이는 선에서 빠르게 움직일 수 있을 터다.

"일 장로님!"

도현이 선두에 서 있던 검마를 불렀다.

"저희와 약간의 인원을 떼 주십시오. 일이 터진다면 안에서부터 놈들을 치겠습니다."

그 말과 함께 도현의 계획을 들은 검마는 즉시 두 개 조를 내주었다.

그들과 함께 도현은 우혁들을 데리고 탁걸륜을 길잡이 삼아 말을 버리고 빠르게 숲으로 숨어들었다.

"우리가 전부인 것처럼 행동한다! 이 말들은 예비가 될 것이다."

"명!"

검마의 말을 빠르게 이해한 이들이 즉시 움직이기 시작했고, 검마는 당당한 움직임으로 탁골문을 향해 움직인다.

과연 탁골문으로 가는 동안 많은 이들의 시선을 확인 할 수 있었는데, 결코 호의적이지 않았다.

도움을 청해 놓고서 이곳까지 아무도 나오지 않는다는 것 자체가 이미 그들이 등을 돌아섰다는 말이었다.

'완전히 등을 돌리려는 모양이로군. 도움을 준 자들의 실력이 대단한 모양인데, 괜찮으려나 모르겠군.'

당장 앞장서서 싸워야 하는 것은 자신들임에도 불구하고 검마는 비밀 통로를 택해 움직이고 있는 도현들을 걱정했다.

다각, 다각!

마침내 탁골문의 정문에 멈춰선 그는 문지기 하나 존재하지 않는 탁골문의 굳게 닫힌 문 안으로 소리쳤다.

"천마성의 일 장로 검마다! 그대들의 부름에 도움을 주기 위해 왔으니 문을 열어라!"

쩌렁쩌렁!

사방에 울려 퍼지는 검마의 목소리.

귀가 있다면 이야기를 들었을 것임에도 불구하고 누구 하나 나오는 이도 없고, 문도 열리지 않는다.

이에 마검대원 몇이 앞으로 나서려 했지만 검마는 그들을 가로 막았다.

안에서 느껴지는 기세가 점차 오르고 있는 것이 곧 일이
터질 것 같았기 때문이었다.

'역시 함정이었군.'

"전원 하마!"

검마의 명령과 함께 일제히 말에서 내린 그들은 재빨리
말의 엉덩이를 때려 숲으로 풀어버렸다.

특수하게 훈련된 놈들이라 신호를 보내면 다시 돌아올
것이니 아무런 걱정도 하지 않았다.

마상 전투는 익숙하지 않은 마검대이기에 거치적거리는
말부터 치워버린 것이다.

말에서 내림과 동시 안쪽에선 이제 확연히 들려올 정도
로 바쁘게 움직이기 시작했고, 얼마 지나지 않아 정문이
활짝 열렸다.

"이거 생각보다 더 비좁은데?"

광호가 선두에 서서 움직이며 투덜거리지만, 뒤에서 아
무런 호응이 없자 입을 다물고 길을 찾는 것에만 집중했
다.

'생각보다 잘 만들어진 것 같은데?'

비밀통로를 따라 움직이며 도현이 느낀 것은 생각보다
잘 만들어졌다는 것이다.

탁골문이 신강의 패자인 것은 사실이지만 그렇다고 해

서 이만한 규모의 비밀통로를 만들기 위해선 많은 노력을
가해야 했을 터다.

'굳이 탁골문에서 이런 시설을 만들 필요가 있었을까?'

"걸륜아 이곳을 너희 문파에서 사용하기 전에는 누가
사용했던 것인지 알고 있느냐?"

도현의 물음에 중간쯤에서 따라오던 탁걸륜이 재빨리
답했다.

"저희 문파의 규모가 커지면서 이곳으로 자리를 옮겼는
데, 그때는 이미 낡은 장원이 자리 잡고 있었다고 아버님
이 말씀하시는 것을 들은 기억이 있습니다. 그 이전에 대
해선 잘 모르시는 것 같았습니다."

"그래……."

걸륜의 말에 고개를 끄덕이며 도현은 벽을 손으로 만지
며 이동을 했다.

놀라울 정도로 많은 돌을 사용해서 동굴이 무너지지 않
게 지탱하고 있었다.

확실히 이만한 규모를 만들기란 결코 쉬운 일이 아니다.

결국 탁골문이 사용하기 전에 이곳을 만든 사람 또한 강
한 힘을 손에 쥐었던 자였을 터다.

이곳이 신강이니 무력보다는 금력이나 권력을 손에 쥔
자일 확률이 높았다.

'당장 고민할 것은 아니니 뒤로 하고. 이제 슬슬 끝이 보

일 때가 된 것 같은데?'

도현의 예측처럼 얼마 지나지 않아 꽤 큰 방이 모습을 드러낸다.

일행 전부가 충분히 쉴 수 있을 만한 규모였고 한쪽에 계단이 마련되어 있어 이곳으로 통하는 방과 연결이 되어 있었다.

"아직 밖이 조용한 것으로 보아 아무런 일도 없는 모양입니다. 이대로 조용히 넘어가려는 것은 아닐까요?"

어느새 광호가 위에 올라갔다 온 것인지 자신의 생각을 섞어 이야기했지만 도현은 단호하게 고개를 저었다.

"그렇진 않을 거야. 혈족을 치면서까지 권력을 손에 쥔 자가 뒤를 생각하지 않을 리 없어. 그리고 결륜의 삼춘이라는 그자가 생각한 뒷배는 우리가 아닌 놈들이겠지."

"놈들의 정체가 무엇일까요?"

정체를 궁금해 하는 광호에게 도현도 고개를 저었다.

"이제부터 알아보는 수밖에 없지."

저벅저벅-.

당당한 걸음으로 탁골문 안으로 들어서는 검마와 마검대.

갈무리하지 않은 마기를 사방에 풀어 놓는 그들의 강력한 기세에 탁골문의 무인들이 움찔하며 뒤로 물러선다.

오대세가라 하더라도 마검대와의 승부는 피할 정도였다.

탁골문 정도는 마검대 전부가 나설 필요도 없을 정도였지만 검마는 긴장을 풀지 않고 재빨리 주변을 살폈다.

'과연…… 제법 할 것 같은 놈들이 중간 중간 숨어 있군.'

가볍게 손가락을 흔들어 숨어 있는 놈들을 조심하라고 전달한 검마가 앞으로 나선다.

화려한 태사의에 자리를 기대고 있는 사내.

새로이 탁골문의 문주가 된 탁하랍이었다.

"먼 곳까지 와주셔서 감사하외다! 탁골문주인 탁하랍이라 하오."

"……불러 놓고선 대접이 시원치 않군. 탁골문주 탁아함은 어디에 있는가!"

쩌렁쩌렁 사방을 울리는 거대한 목소리에 탁하랍의 얼굴이 굳어지며 외친다.

"아까 말했소이다. 본문의 문주는 나 탁하랍이오!"

"본성의 인정을 받지 않는 자는 탁골문의 문제가 될 수 없다! 탁아함은 어디에 있는가!"

강렬한 그의 기세에 탁하랍은 이를 악물었다.

자신이 문주가 되었음에도 인정하지 않는 저자를 용서할 수 없었다.

"여기까지 온 것은 고마우나 앞으로 본문은 천마성의 지배를 벗어날 것이오! 그러니 돌아가시는 것이 좋을 것 같소."

"다시 묻는다. 탁아람은 어디에 있는가."

"젠장! 내가 문주라고!"

쾅!

결국 성질을 이겨내지 못하고 태사의를 부러트리며 자리에서 일어서는 그를 보며 검마는 싸늘한 미소를 짓는다.

"이제야 이야기를 해볼 마음이 생긴 모양이군. 자……그 많은 무인들을 두고 무슨 짓을 꾸밀 생각이지? 설마하니 본성에 반기를 들겠다는 생각은 아니겠지?"

"흐…… 왜 아니겠소? 생각보다 이해가 늦는구려!"

채챙! 창!

탁하랍의 말이 떨어지기 무섭게 사방에서 각자의 무기를 뽑아드는 탁골문의 무인들.

드높아지는 그들의 기세에 검마는 웃었다.

"그래…… 탁골문이 본성을 배신하는 것이로군. 하지만 알고 있나? 본성은 배신자를 결코 용납지 않는다는 것을?"

"흐흐…… 그대가 누구인지 모르겠으나 결코 이곳을 벗어 날 수 없을 것이오."

저벅저벅.

탁하랍이 손을 들자 뒤편 건물에서 수십의 인물들이 날카로운 기세를 일으키며 모습을 드러낸다.

하지만 검마는 눈썹하나 깜짝하지 않았다.

오히려 그는 크게 흥분하고 있었다.

본래 마인이란 이런 전쟁터에서 큰 힘을 발휘하는 법이다.

지난 평화의 기간 동안 검마는 자신의 마음을 충족시켜줄만큼의 싸움을 벌이지 못했다.

그런 그가 오랜만에 전투감각을 일깨우려 하고 있었다.

"크…… 크하하하! 좋아! 오늘 나 검마의 검이 네놈의 목을 베고야 말 것이다!"

"헉!"

검마의 외침과 함께 사방으로 퍼져나가는 강력한 살기와 마기에 깜짝 놀라며 뒤로 물러서는 탁하랍.

아니, 그보다 그를 충격에 몰아간 것은 눈앞의 상대가 검마라는 것이었다.

과거 무림 전쟁에서 수많은 이들의 목을 베었고 또 천마성을 승리로 이끌었던 최강의 투사(鬪士)!

"노, 놈들을 쳐라!"

당황한 나머지 탁하랍은 재빨리 명령을 내렸지만, 그것이야말로 최악의 선택이었다.

스르릉―.

검마의 애검이 뽑혀 나오며 그가 소리쳤다.

"축제를…… 즐겨라."

쿠아아아!

엄청난 규모의 마기가 사방으로 날뛰기 시작했다.

天魔飛上 9章.

9 章.

　콰지직!

　굉음과 함께 검마의 검이 상대의 검을 부서트리며 몸에
박혀든다!

　피에 심취한 검마의 몸에서 광포한 마기가 날뛰기 시작
하고 그의 검을 제대로 받아내는 자가 없었다.

　그것은 비단 검마의 문제만이 아니었다.

　그와 함께 온 마검대 전체가 오랜만에 벌어지는 제대로
된 싸움에 크게 환호하며 검을 휘두르고 있었는데, 그들의
검을 막아내는 자도 거의 없을 정도였다.

　"어렵겠군."

　"설마하니 검마가 직접 올 줄은 몰랐군."

"피해가 심하겠어."

세 사람이 차례로 이야기를 한다.

뒤편으로 물러서서 태연히 눈앞의 상황을 보면서 이야기를 나누는 것이 이상했지만 이들은 개의치 않는 지 연신 현장 상황을 살핀다.

"더 이상은 이들로선 안 돼. 계획보다 이르긴 하지만 모든 인원을 투입한다."

"동의하지."

"그럼 난 검마부터 상대해보도록 하지."

말과 함께 한 사람이 몸 전체를 감싸고 있던 장포를 벗더니 곧 검마를 향해 달려들었다.

"하앗!"

쾅!

굉음과 함께 그의 주먹을 막아낸 것은 검마의 검이었다.

쇠가 중간중간 박혀 있는 권사를 위해 만들어진 특별한 장갑이 차갑게 빛을 발한다.

"나와 놀아보도록 하지!"

"덤벼라!"

괴인의 말에 검마는 빠르게 검을 휘두른다.

자신을 막아서는 것이 누군지는 중요하지 않다.

그저 달아오른 몸을 주체 할 수 없었고, 그럴 때 강자가 눈앞에 나타났다는 것이 중요했다.

쿠쿵-! 쿵!

괴인이 진각을 밟을 때마다 가볍게 진동을 하지만 그보
다 주먹과 검이 부딪칠 때에 더 큰 울림을 만들어 낸다.

콰르르릉!

검마의 공격을 태연하게 받아내는 괴인의 뒤로 어느새
끊임없이 많은 흑의인들이 모습을 드러내기 시작했다.

허나 검마와 마검대원들은 걱정하지 않았다.

싸울 상대는 많으면 많을수록 좋은 것이니까.

쿠쿵! 쿵!

지하까지 울리는 강렬한 울림에 도현은 밖에서 일이 시
작되었음을 알 수 있었다.

"시작된 것 같습니다."

우혁의 말에 도현은 고개를 끄덕이며 자리에서 일어
섰다.

처척.

모두들 싸울 준비를 갖추며 일어선다.

"조금 있다가 놈들의 뒤를 친다. 탁골문의 무인들뿐만
아니라 이번 사태를 만들어낸 자들도 함께 있을 것이다.
놈들의 뒤를 치게 되면 분명 당황하게 되겠지만, 이곳을
벗어난 우리는 최대한 빨리 장로님과 합류한다."

"그냥 뒤에서 혼란을 주는 편이 더 낫지 않겠습니까?"

단리한의 물음에 도현은 고개를 젓는다.

"놈들의 수가 얼마나 되는지, 어떤 준비를 했는지 모르는 상황이니 되도록 뭉쳐있는 것이 좋겠지. 최악의 경우도 상정해야 할 테니까."

"알겠습니다."

굳은 얼굴로 고개를 끄덕이는 모두를 본 도현은 곁에 서 있는 탁걸륜을 보며 말했다.

"넌 이곳에 숨어 있다가 상황이 좋지 않을 것 같으면 즉시 빠져나가라. 그리고 이 호각을 불면 말 한 마리가 다가올 것인데 그것을 타고 빠져나가거라."

말과 함께 도현이 걸륜에게 건네 준 것은 흩어진 말을 다시 불러들일 수 있는 호각이었다.

특수하게 훈련된 말들이기에 호각 소리에 반응할 터였다.

"알겠습니다."

무공을 제대로 익히지 못한 자신으로선 방해가 된다는 사실을 잘 알기에 걸륜은 아예 한쪽으로 움직였다.

자신의 움직임이 방해될 수도 있다는 생각 때문이었다.

"그럼…… 시작해 볼까?"

모두의 눈이 빛난다.

팟!

우혁을 선두로 재빨리 비밀통로를 벗어난 일행은 모두 가 몰려있는 곳으로 움직였다.

"쳐라!"

눈앞의 적이 보임과 동시 도현의 명령이 떨어졌고, 뒤따르던 검마대원들이 즉시 앞으로 달려 나가며 검을 뽑아든다.

어느새 우혁은 도현의 곁에 딱 달라붙어 위협에 대응하고 있었다.

푸확!

사방으로 튀는 피!

갑작스런 후방 공격에 대응하지 못한 탁골문 무인들이 어이 없이 쓰러져 간다.

하지만 그 중에는 침착하게 대응하는 자들도 있었는데, 의외로 그 비중이 높았다.

아니 정확하게는 높아지고 있었다.

'탁골문의 무인이 아니다. 상황이 이상하게 돌아가는데?

재빨리 상황을 파악한 도현은 크게 소리치며 검을 휘두른다.

"즉시 장로님과 합류한다! 최우선 사항이다!"

"명!"

빠르게 도현의 곁으로 몰려든 마검대원들이 길을 열기 시작했고, 도현 역시 부지런히 검을 휘둘렀다.

그동안 천마성의 일을 돕는 과정에서 살인이란 큰 벽을 뛰어넘은 도현이기에 검을 휘두르는 데 망설이지 않았다.

"새로운 적이로군. 저쪽도 위험하고……."

"그냥 합류시키는 편이 상대하기 수월하겠어."

"그게 좋겠군."

고개를 끄덕이며 한 사람이 손을 들자 그것을 알아들은 것인지 즉시 도현들의 앞을 가로막던 무인들이 길을 연다.

갑작스런 상황에 당황하면서도 도현은 거절하지 않고 빠르게 본대와 합류했다.

하지만 역시 상황이 그리 좋지 않았다.

후방에선 몰랐는데 이곳을 포위하고 있는 자들의 숫자가 엄청났던 것이다. 게다가 검마가 상대하는 자의 실력도 대단히 위협적이었다.

'저들이 지휘인가?'

도현의 눈에 검마를 넘어서서 보이는 두 사람.

여유롭게 싸움을 지켜보고 있는 것이 다른 무인들과는 분위기가 전혀 달랐다.

쩌정-!

귀를 찌르는 소리와 함께 검마와 괴인의 신형이 멀찍이 떨어진다.

"너…… 누구냐? 이런 실력을 가지고 있는 놈에 대해서 들은 기억이 없는데."

놀랍다는 얼굴로 놈을 바라보며 묻는 검마.

실제로 검마는 놀라고 있었다.

자신의 검을 이렇게까지 막아내는 자가 있을 것이라곤 생각해보지 않았기 때문이기도 했지만, 아무리 살펴도 정체를 알 수 없었기 때문이다.

"늙은이가 제법이야. 이거 혼자서는 힘들겠는데?"

머리를 좌우로 크게 흔들며 뒤를 향해 손짓하자 자리에 서 있던 두 사내 중 한 사람이 다가온다.

스릉-.

날카로운 검 한 자루가 그의 손에 들린다.

"흠…… 이거 얕보인 것인가?"

그 모습에 검마는 곤란하다는 듯 머리를 긁적이며 뒤편에 서있는 도현을 향해 외쳤다.

"지휘는 소궁주님께 부탁드려도 되겠습니까? 아무래도 이쪽을 처리하는 것이 제 일인 것 같습니다, 그려."

"충분히 즐기십시오."

"감사합니다, 소궁주님."

빙긋 웃으며 두 사람을 바라보는 검마.

"허락도 받았으니 이제 진짜로 놀아보지 않겠나?"

우웅ㅡ.

그의 검에서 강렬한 빛과 함께 검강이 만들어진다.

"사부님께서 진심이신 모양입니다."

"말 안 해도 그렇게 보여. 그만큼 저들의 실력이 대단하다는 것이겠지."

우혁의 말에 도현은 고개를 끄덕이며 주변을 살핀다.

'족히…… 칠백은 넘어가는 것 같은데?'

대략적으로 숫자를 추산해낸 도현은 마검대원들의 상태를 살폈다.

지칠 만도 하건만 다들 표정의 변화하나 없고, 호흡도 정상적이었다.

방금 전의 싸움은 겨우 맛보기에 불과했다는 듯 당장이라도 명령이 떨어지면 달려 나갈 자세를 취하고 있다.

"참 전투적이야. 본성의 무인들은."

"마인의 습성이니까요."

우혁의 말에 도현은 물었다.

"그럼 지금 상황을 타계할 수 있는 방법은 몇 가지나 될까?"

무슨 의도로 자신에게 묻는 것인지 알 수 없지만 우혁은 자신감 넘치는 말투로 대답했다.

"방법은 하나뿐입니다. 놈들을 전부 쓸어버리는 것입니다."

확고한 대답에 도현은 빙긋 웃었다.

"정답이야."

그와 함께 짙은 피 냄새가 탁골문 전체를 감싸기 시작했다.

◗

"그러니까 이제 확인해 보니까 천마성을 나온 놈들이 최정예로 분류되고 있는 마검대고. 심지어 검마까지 딸려 보낸 실정이다 이거지?"

"그, 그렇습니다. 게다가 천마성의 소궁주도 함께하고 있었습니다."

"하! 이거 참!"

어이가 없다는 듯 한숨을 내쉬는 허독량.

천마성에서 어떻게든 움직일 수밖에 없다는 것은 알고 있었지만 설마하니 최정예인 마검대도 모자라 검마와 소궁주까지 신강으로 보낼 것이라곤 생각지 못했다.

아니, 계산을 벗어나는 일이었다.

아무리 휴전이 길어지고 있다 하더라도 천마성의 최정예 부대를 먼 곳으로 보내지 않을 것이라 봤던 것이다.

또 다시 천마성으로 인해 계획이 틀어지는 것을 느끼며 허독량이 지끈거리는 머리를 부여잡는다.

"이번 계획을 세우면서 움직일 수 있는 최대치를 누구로 잡았지?"

"천마성 사 장로인 흑혈도마(黑血刀魔) 지광과 흑암혈사대를 기준으로 설정을 했습니다."

"맙소사."

도저히 비교 할 수 없는 전력이다.

그럼에도 허독량은 확인하지 않을 수 없었다.

"이대로 두면 계획의 성공 확률은?"

"……1할 미만입니다. 그것도 소성주들이 합류하지 않았을 때의 이야기입니다."

사실상 실패라는 이야기였다.

얼굴을 가득 찡그린 채 고민을 하던 그가 돌연 물었다.

"당장 동원할 수 있는 인원은?"

"금령주 둘입니다. 최대 인원은 이백입니다."

"작군."

"다들 외부로 임무를 나간지라……."

식은땀을 흘리며 변명하는 수하를 뒤로하고 허독량은 자리에서 일어섰다.

"이번 일까지 실패하게 되면 사부님께 어떤 소리를 들을 것인지 알 수 없다. 그러니 반드시 성공해야만 해. 무슨 뜻인지 알겠나?"

"예, 예!"

"그걸 준비해라. 오십 기 정도 있는 것으로 알고 있다."

"그, 그것은 상부의 명령이 있어야만……."

"모든 책임은 내가 진다! 당장 준비시켜!"

"며, 명!"

허독량이 있는 곳에서 탁골문까지의 거리는 전력으로 달린다면 하루가 되지 않아 도착 할 수 있을 정도다.

"되는 것이 없군. 계집과 싸워야 하는 것도 큰 문제이거늘."

혀를 차는 허독량.

이번 일을 결코 실수 할 수 없는 이유 중 하나가 바로 자신의 사매인 빙설하 때문이었다.

그녀가 맡은 임무들이 연이어 성공하며 모두의 이목을 끌고 있었기에 자신 역시 맡은 일을 제대로 처리할 필요가 있었다.

"이번 기회에 걸리적거리는 놈을 처리하는 것도 나쁘지 않겠지."

천마성의 소궁주 천도현을 떠올리며 그가 냉소적으로 웃는다.

"가자!"

쩡!

꽝음과 함께 검마의 검이 괴인의 검을 떨쳐내곤 즉시 몸을 뒤로 뺀다.

정확하게 그가 있던 자리를 스쳐지나가는 주먹 하나.

맞는 순간 단숨에 머리가 날아가 버릴 것 같은 강렬한 위력이지만 그 또한 검마는 즐기고 있었다.

오싹!

'그래 이거야! 이런 느낌을 오랜 시간 잊고 있었어!'

터텅!

발을 움직여 거구의 괴인을 피하며 검을 든 괴인을 향해 다가선다.

온 몸을 죄이는 강렬한 감각은 검마의 전투 본능을 충실하게 깨웠으며, 그렇게 깨어난 본능은 마인으로서의 모습을 거침없이 보여주었다.

사방에 넘치는 마기.

단체로 이렇게 강력한 마기를 흘리며 싸우는 모습을 처음 본 도현은 크게 놀랐다.

이렇게 강력한 마기를 뿜어 낼 수 있을 것이라곤 생각지 못했기 때문이다.

훈련 때와는 비교도 할 수 없을 정도로 강렬했다.

'이 정도라면 우리가 사라져도 마기가 한 동안 머물겠는데?"

서컥!

자신을 향해 달려드는 적의 목을 정확하게 베어 넘기면서도 도현의 시선은 이곳저곳을 향한다.

어차피 자신에게까지 오는 자들은 우혁 때문에라도 크게 지친 상태였기에 어렵지 않게 상대 할 수 있었다.

도현을 중심으로 우혁들이 원을 그리며 철저하게 방어하고 있었다.

덕분에 전체적인 상황을 꾸준히 지켜 볼 수 있었는데, 자신들보다 족히 배는 많은 상대들임에도 마검대원들은 밀리지 않고 있었다.

그렇다고 적들이 약하느냐?

그것도 아니다.

그럼에도 밀리지 않는 것은 마검대원들이 강하기 때문이었다.

생각해보면 당연한 일이었다.

예전 한참 싸움이 심할 때도 검마와 함께 움직였던 것이 마검대원들이었다. 약간의 인원 보충이 있긴 했지만 그들 대부분은 당시의 인원을 그대로 유지하고 있었다.

경험과 실력에서 모두 최고인 것이다.

괜히 천마성 최강의 패로 불리는 것이 아니었다.

'생각보다 그렇게 어렵지는 않아. 또 다른 수가 있는 것인지 아니면 애초에 상황을 상정하길 우리가 아닌 다른 사람들로 한 것인지 알 수가 없군.'

전술에 대해선 도현도 잘 알고 있다.

그렇기에 지금 저들이 이렇게까지 크게 힘을 쓰지 못하는 이유에 대해 어렵지 않게 파악 할 수 있었다.

물론 전장이기에 확신은 할 수 없지만 이렇게까지 많은 인원을 준비해 놓고도 승기를 가져가지 못한다.

'결국 상황 상정에 실패했다는 것이겠지. 하긴…… 이번 일은 사부님이 즉석에서 정하셨던 것이니 계획보다 전력이 월등히 많아지긴 했지.'

자신도 모르게 고개를 끄덕이는 도현.

아무렇지도 않던 패마의 행동 하나가 일행의 위험을 막아낸 것이다.

그때 물러서서 지켜만 보고 있던 마지막 한 사람도 결국 움직인다.

놈의 손에 들린 것은 긴 창이었다.

세 사람을 상대해야 하는 검마를 돕기 위해 몇 사람을 빼려 했지만 그것을 막은 것은 우혁이었다.

"괜찮습니다. 아직 사부님은 본 실력을 보이지 않으셨습니다. 지금은 그저 오랜만의 감각을 즐기시고 계신 것 같습니다."

아무래도 제자이다 보니 우혁은 정확하게 검마의 행동을 짚어내고 있었다.

물론 외부에서 보는 사람들은 그렇게 생각할 수 없을 정도로 치열한 공방을 주고받고 있었지만.

어쨌거나 검마도 새로운 인물이 추가되어 한 번에 세 사람을 상대해야 되자 이제까지완 다른 움직임을 보이기 시작했다.

'즐기는 것은 이 정도로 마치는 것이 좋겠군.'

아쉽지만 어쩔 수 없는 일이다.

더 시간을 끌었다간 소궁주의 걱정을 살 것이다.

우우우!

순간 검마의 몸을 휘어 감는 검붉은 기운!

"이젠 끝을 보는 것이 좋겠구나. 그래도 너희는 행운아들이다. 이 기술로 목숨을 끊어 준 자들의 위명이 제법이거든."

웃으며 검을 드는 검마.

그의 검 끝으로 검붉은 기운이 뭉쳐들기 시작했고, 얼마 지나지 않아 그의 신형이 움직였다.

"혈뢰(血雷)."

번쩍!

푸확─.

빛이 번쩍이는 듯 하더니 순식간에 세 사람의 목이 떨어

273

지며 피분수가 허공으로 솟아오른다.

그야말로 혈뢰라는 이름이 가장 잘 어울리는 초식이었다.

검마의 혈뢰를 본 도현들은 크게 놀랐고, 우혁은 자신이 펼치는 것과 비교도 안 되는 빠름을 보이는 사부의 실력에 놀라고 있었다.

이젠 어느 정도 따라잡았다고 생각했건만 알고 보니 전혀 아닌 것이다.

반대로 마검대원들의 얼굴엔 그리움이 솟아오른다.

무척이나 오랜만에 보는 혈뢰였기 때문이다. 그것을 눈치 챈 것인지 검마가 검을 휘두르며 소리쳤다.

"이놈들아! 아직도 정리가 안 끝나면 어쩌란 말이냐! 소궁주께서 기다리신다!"

"명!"

검마의 명령이 떨어지자마자 적극적으로 움직이며 학살에 가까운 살육을 벌이기 시작하는 마검대원들.

그들의 몸에서 폭발적으로 솟아오르는 마기를 보며 도현은 다시 한 번 자신이 천마성의 일원임을 알 수 있었다.

그렇게 상황이 빠르게 수습되고 있을 때였다.

"물러서라!"

우르릉!

내공을 실은 힘찬 소리와 함께 담을 넘어오는 일단의 무리가 있었다.

쿠쿵! 쿵!

담을 넘어온 자들 중 일부는 어깨에 관을 메고 있었는데, 그것을 땅에 내려놓을 때 나는 소리가 크게 울리는 것이 어지간히 무거운 것이 든 모양이었다.

그들의 등장과 함께 흑의인들이 빠르게 물러선다.

"쯧…… 완전히 실패로군."

주변을 살펴본 허독량이 혀를 찼다.

그리곤 천천히 검마를 향해 포권을 취했다.

"천하에 위명이 자자한 검마 대협을 뵙게 되어 영광이외다!"

"……너희들은 누구냐."

긴장하고 있었다.

천하의 검마가 허독량의 등장에 긴장을 하고 있는 것이다.

아니, 정확하게는 놈들이 내려다 놓은 관에서 눈을 때지 못하고 있었다.

닫힌 관에서 뿜어져 나오는 시기(屍氣)와 사기(死氣) 그리고 마기(魔氣)와 정체를 알 수 없는 기운까지.

도저히 정체를 알 수 없는 놈들이었다.

검마의 물음에 허독량은 정중히 고개를 숙이며 자신의 소개를 했다.

"이런 제 소개가 늦었군요. 전 허독량이라고 합니다. 부족하지만 이들을 이끌고 있습니다."

교묘하게 소속을 감추며 자신의 인사를 마친 허독량의 시선이 도현에게 향한다.

"이런 곳에 설마하니 천마성의 소궁주께서 있으실 줄은 예상치 못했습니다. 하긴 그랬으니 이런 희생이 벌어진 것이지만 말입니다."

능청스럽게 이야기하고 있지만 눈길에서 느껴지는 사이함에 도현은 대답하지 않았다.

되려 긴장하고 있는 검마가 시선을 때지 못하고 있는 관에 그 역시 집중하고 있었다.

"이런 저 물건이 궁금한 모양이로군요. 어차피 곧 알게 되실 텐데 말입니다."

"무엇이지?"

"자자, 성급해 하지 마시고! 알기 싫어도 곧 알게 될 것입니다. 아쉽습니다. 여러분들을 만나는 곳은 이곳이 아닌 중원이 될 것이라 여겼는데 말입니다."

웃으며 말하던 그가 손가락을 튕긴다.

딱!

그 순간.

쿠쿵! 쿵!

굉음과 함께 세워진 관의 뚜껑이 떨어져 나간다.

그와 함께 모습을 드러내는 관의 내부.

"강시!"

이를 악물며 이야기하는 검마.

하지만 그보다 더 정확하게 본 것은 도현이었다.

"혈강시(血殭屍)! 네놈들 혈교였나!"

"정답입니다."

태연하게 웃으며 손뼉을 치는 그.

이제야 모든 문제가 풀려가는 기분이었다.

같은 마공을 쓰면서도 그 느낌이 전혀 다르다.

천마성과 맞설 수 있는 힘을 가진 세력.

이 모든 것을 종합했을 때 왜 이제까지 그들의 존재를 눈치 채지 못한 것인지 의문스러울 정도다.

혈교(血敎).

피와 죽음을 숭배는 미치광이 집단.

삼백년 전 이들의 등장으로 인해 천하는 엄청난 피해를 입어야 했고, 마도는 큰 타격을 입어야 했다.

철저하게 개인의 수련으로 만들어진 실력을 위주로 하는 천마성과 달리 놈들은 금단의 수법에 서슴없이 손을 댔다.

수많은 이들의 목숨을 빼앗으며 힘을 키운 놈들은 결국 무림연합의 탄생과 함께 사라져야 했지만, 그들이 남긴 흔적은 무서울 정도로 강력한 것들이었다.

천마성에만 하더라도 혈교와 관련된 문서들이 차고 넘칠 정도로 많이 존재했다.

과거 도현이 마겁에 대해 알 수 있었던 것도 혈교와 관련된 물건이었기 때문이었다.

'제길! 왜 그걸 생각해 내지 못했던 것이지?'

뒤늦게 자책해 보지만 이미 늦은 상황이다.

게다가 삼백 년 전 당시 처절하게 혈교의 잔당을 처리했었기에 그들이 다시 부활할 것이라곤 누구도 예상치 못했다. 그것은 도현 역시 마찬가지였다.

"본교에 대해 알고 있다면 이것들의 위력 역시 잘 알고 있겠군요. 다행입니다. 가치를 아는 자들을 만나서."

미소를 짓는 허독량의 몸에서 진득한 살기가 뿜어져 나온다.

"혀, 혈강시가 뭡니까?"

그때 조심스럽게 다가와 묻는 광호.

긴장감이 묻어나는 상황이지만 저런 것들과 싸워야 하는 마당이니 어떻게든 조금이라도 정보를 얻어야 했기에 광호가 대표해서 물은 것이다.

"일반 강시와는 비교도 안 될 정도로 튼튼한 육체와 강력한 힘을 가지고 있는 강시야. 어지간한 공격으론 흠집도 낼 수 없다고 알려져 있지."

"정확합니다!"

짝짝짝!

박수를 치며 기뻐하는 허독량.

이젠 그의 행동 하나하나가 가식처럼 보인다.

"제일 큰 문제는 저거 하나를 완성하기 위해선 최소 삼백 명의 피와 심장을 필요로 한다는 것이지. 게다가 빠르기까지 하니 정말 무섭지."

"그렇습니다. 그러니…… 이젠 그 무서움을 겪어 보십시오."

딱!

다시 한 번 그가 손가락을 튕기자 혈강시들의 눈이 붉은 빛을 뿌리더니 천천히 관을 벗어난다.

"상황이 많이 안 좋은 겁니까?"

움직이는 혈강시를 보며 묻는 광호를 보며 도현은 당연하다는 듯 고개를 끄덕인다.

"최악의 상황이지."

그 한 마디가 모두를 침묵으로 빠트린다.

天魔飛上

10章.

10 章.

이제까지 도현의 입에서 최악의 상황이라는 말이 나온
적이 있던가?

아주 예전의 기억까지 전부 꺼내보지만 결코 없었다.

그렇기에 도현의 말에 모두들 바짝 긴장해야 했다.

쿵, 쿵!

묵직한 소리와 함께 움직이기 시작하는 혈강시들.

"자…… 시작해보자."

가벼운 말과 함께 혈강시들이 일제히 움직이기 시작
했다.

파앗!

눈 깜짝할 사이에 달려드는 혈강시의 속도에 깜짝 놀라

면서도 재빨리 검을 치켜든다.

하지만.

쾅!

"컥!"

"크윽!"

강렬한 충격과 함께 뒤로 밀려나는 마검대원들!

검마 역시 큰 충격을 받지 않을 수 없었다.

아무리 혈강시라 하더라도 이렇게까지 강할 것이라곤 생각지 못했던 것이다.

우웅!

검마의 빠른 판단이 즉시 검기를 만들어내고 그의 검이 화려하게 허공을 수놓는다.

쐐애액!

터터텅! 텅!

검기에 적중 된 혈강시들이 뒤로 빠르게 물러선다.

"이 정도로 안 되는 것인가?"

얼굴을 찌푸리는 검마.

보통의 인간이었다면 벌써 죽었을 것이나 놈들에겐 크게 소용이 없는 듯했다.

그저 피부에 작은 상처가 몇 줄기 생겼을 뿐이다.

"크아아악!"

괴성과 함께 다시 달려드는 혈강시를 향해 이번엔 재빨

리 검강을 생성해 내는 검마!

우웅!

검붉은 검강이 그의 검 위로 모습을 드러내며, 혈강시의 목을 벤다!

서컥.

날카로운 소리와 함께 목이 떨어져나가는 혈강시.

아무리 혈강시라 하더라도 검강에는 버티지 못하는 듯싶었다.

그렇게 활로를 찾았다 생각하는 순간 이번엔 혈강시 다섯이 검마를 향해 달려들었다.

카카캉! 캉!

어지간한 무구로는 상처조차 남길 수 없는 혈강시들이 무작위로 공격을 해오자 검마조차도 쉽게 놈들을 볼 수 없었다.

일정한 규칙도 없이 몸을 날려 오는 놈들이니 빈틈을 파고 들 수 없었던 것이다.

게다가 그 빠르기가 어지간한 무인들보다 나음이니 쉽지 않은 일이었다.

하지만 혈강시들의 숫자는 겨우 오십인데 반해 마검대의 인원은 족히 삼백을 넘어간다.

제 아무리 강력한 강시라 하더라도 그들을 상대로는 그 숫자가 너무 적었다. 그저 그들의 발을 묶어 둘 수나 있을까.

"공격해."

허독량 역시 그것을 모르는 것이 아님에도 무심히 자신이 데려온 무인들을 공격에 가담시킨다.

달려드는 흑의인들까지 함께하자 마검대의 손이 얽히기 시작했다.

하지만 그뿐이다.

그들이 아무리 노력을 해도 마검대의 손을 뚫어내긴 어렵다. 개개인의 실력도 실력이지만 합격술에 있어서도 마검대는 최고 수준에 이르러 있었기 때문이다.

"자…… 나도 시작해 볼까?"

모두가 바빠지자 그가 천천히 앞으로 걸어 나온다.

허독량은 담을 넘는 순간 이미 계획이 실패했음을 알 수 있었다.

자신이 데려온 전력으로는 저들을 모두 누를 수 없는 것이다. 그렇다고 해서 이대로 포기 할 순 없었다.

그런 와중에 그가 선택한 것은 바로 도현이었다.

매번 혈교의 계획에 가장 큰 방해를 한 것이 바로 도현이었기에 이번 기회를 빌어 그를 처리하기로 마음먹은 것이다.

이것이라면 계획을 실패한 것을 만회하고도 남음이 있었다.

"금령주."

"하명하십시오."

두 사람의 흑의인이 고개를 숙인다.

"놈과의 싸움을 누구도 방해 할 수 없도록 하도록."

"명!"

파팟!

빠르게 도현을 향해 달려드는 금령주들.

그에 맞추어 우혁들이 재빨리 도현을 보호하며 그들에 맞서 싸우기 시작했으나, 금령주들 답게 강력한 무공을 자랑하며 우혁들을 붙들어 두기 시작했다.

"넌 내가 상대해 주마!"

휙!

가볍게 몸을 놀리는 듯 싶더니 순식간에 도현에게 다가와 주먹을 날리는 허독량!

갑작스런 공격이었지만 도현은 크게 당황하지 않았다.

이미 우혁들이 떨어져 나갈 때부터 준비를 하고 있었던 것이다.

쩌엉!

재빨리 검을 휘두르자 놀랍게도 허독량은 맨손으로 도현의 검을 받아 내었다.

기괴한 소리가 울리며 손으로 느껴지는 반발력에 도현이 뒤로 몸을 피한다.

물러서는 도현에게 따라 붙으며 허독량은 쉬지 않고 주먹을 날렸다.

짧고 빠르게.

최단거리로 정확하게 찌르고 들어오는 그의 주먹질에 도현은 빠르게 발을 놀리며 피해내는 수밖에 없었다.

아무리 검을 수족처럼 사용한다 해도 이렇게까지 접근한다면 쉽게 휘두를 수 없다.

검을 회수하는 그 짧은 찰나에 상대의 주먹이 자신을 후려칠 것이 분명하기 때문이다.

파팟!

허공을 가로지를 때마다 요란한 소리가 울려 퍼진다.

기묘한 것은 아무것도 끼지 않은 것 같은 손임에도 불구하고 도현의 검과 맞닿을 때마다 요란한 소리가 울려퍼진다는 것이다.

마치 쇠와 쇠가 부딪친 것 같이.

까앙!

"큭!"

손으로 느껴지는 강렬한 충격에 이를 악물며 도현은 어떻게든 거리를 벌리려 애썼지만, 허독량 역시 지독할 정도로 도현에게서 떨어지지 않는다.

거리가 벌어지면 자신의 장점이 없어진다는 것을 알기 때문이지만 도현으로선 귀찮을 따름이었다.

"핫!"

퍼퍼펑!

기합과 함께 그의 주먹이 휘둘러질 때마다 요란하게 허공을 때리는 소리가 들려온다.

분명 그의 주먹에 실린 힘은 경시 할 수 없을 정도였지만, 도현이 피하기에 어렵지 않았다.

다른 것은 몰라도 보법에 있어선 도현은 이미 경지에 오른 상태. 그런 도현을 따라잡는 것만으로도 허독량의 보법 역시 대단하다는 것을 증명한다.

문제는 그런 사실을 허독량이 모르고 있다는 것이다.

당장 자신이 압도적인 공격을 펼치고 있는 것은 사실이지만, 겉보기만 그렇고 제대로 맞춘 것이 하나도 없었다.

실속이 없는 것이다.

'역시 패마의 제자라는 건가? 하지만 오래 버틸 수는 없을 것이다.'

허독량은 꾸준히 도현에게 따라붙으며 공격을 펼친다.

제대로 된 공격이 들어가지 않는 지금과 같은 상황에서라면 조금이라도 조급하게 움직이는 쪽이 당하게 된다.

그 사실을 도현 역시 깨닫고 있기에 어떻게든 평정을 유지하며 빈틈을 노렸지만, 허독량은 만만치 않은 상대였다.

그보다 문제가 되는 것은 그가 진짜 실력을 발휘하는 것 같지 않다는 것이었다.

'혈교의 무공은 그 독특한 혈기(血氣)를 발출하는 것에서 시작되는데, 지금까지 그런 징조가 없었다, 라는 것은 본 실력을 감추고 있다는 것이겠지.'

도현은 예리하게 허독량의 모든 것을 머릿속으로 분석, 파악하고 있었다.

천마성에 존재하는 거의 대부분을 서적을 읽어치운 도현이다. 자연스럽게 성에 있던 혈교에 대한 지식 또한 머릿속에 가득 쌓여 있었다.

그렇게 존재하는 서적들 중에는 혈교의 무공을 설명하고 파훼하는 방법을 제시하는 것들도 상당 수 있었다.

머릿속으로만 존재하는 지식이기에 실전을 겪으며 직접 해보지 않는 이상 확신 할 수는 없지만, 분명한 것은 방법이 존재한다는 것이다.

'그 방법이란 것도 일단 혈교의 무공을 써야 어떻게 해 볼 텐데!'

"칫!"

재빨리 고개를 숙이자 머리 위로 허독량의 주먹이 빠르게 스쳐지나간다.

일진일퇴의 공방이 눈 깜짝할 사이에 수십번을 오갈 정도로 두 사람의 싸움은 치열했다.

도현도 검으로 공격하는 것을 포기하다시피 하며 짧게 짧게 빈손으로 반격을 하고 있었던 것이다.

검을 사용하면 좋겠지만 거리를 허용하지 않으니 어쩔 수 없는 일이다.

'시간을 끌수록 내가 유리해지겠지만…… 혈교에 대한 정보를 얻기 위해선 이 자를 사로잡아야 한다. 혈강시를 조종하는 것이 분명 혈교에서도 제법 위치가 있는 자가 분명해!'

일단 마음을 먹자 도현의 움직임이 지금까지와 조금씩 달라지기 시작했다.

약간의 공격을 허용하더라도 적극적으로 거리를 벌리려고 하는 것이다.

그렇게 되자 반대로 허독량은 쉽게 공격을 할 수 없었다.

자신의 공격을 반대로 이용하려고 하고 있으니, 그럴 수가 없었던 것이다.

"쯧!"

결국 짧게 혀를 차며 재빨리 몸을 뒤로 날리는 그.

"이대로는 아무래도 시간 낭비뿐일 것 같으니 제대로 하는 수밖에."

"그 말 그대로 돌려주지."

도현이 허독량의 말을 받으며 검을 세운다.

우웅—.

농후한 내공이 검에 몰려들기 시작하며 어렵지 않게 검기가 생성되었고, 그의 몸에서 패도적인 기세가 뿜어져 나오기 시작했다.

진심으로 도현이 패천마공을 발휘하려는 것이다.

그것은 허독량 역시 마찬가지였다.

쉽게 생각했던 일이지만 이젠 진심으로 나서야 했다.

키아아아!

괴성과도 같은 소리와 함께 허독량의 몸에서 무시무시한 혈기가 흘러나오기 시작했다.

마기와는 다른.

피 냄새가 진하게 풍기는 것 같은 착각을 일으키는 혈기가 무섭도록 피어오르며 사방을 잠식하기 시작했고, 거기에 맞추어 도현 역시 마기를 풀어내기 시작했다.

마인들에게 있어 마기를 풀어낸 다는 것은 제대로 공격을 하겠다는 신호와 같다.

마공을 운용하면 절로 몸 밖으로 마기가 흘러나가게 되어 있으니까. 그런 마기들이 진하면 진할수록 위력이 큰 무공이라 할 수 있었는데 지금 도현의 몸에서 흐르는 마기의 양은 누구도 무시하지 못할 정도였다.

오죽했으면 검마가 바쁘게 손을 놀리는 와중에 도현을 보았겠는가.

"시작해 볼까?"

느긋한 말투와 달리 허독량의 신형이 사라지고, 그 순간 도현이 재빨리 몸을 왼쪽으로 회전시키며 검을 휘둘렀다.

쩡!

마치 본래 그곳에 있었다는 듯 소리가 난 곳으로부터 약간 뒤에서 모습을 드러내는 허독량.

설마하니 자신의 움직임을 잡을 수 있을 것이라곤 생각지 못했는지 멍청한 표정을 지었지만 자신을 향해 날아오는 도현의 검기를 보며 크게 웃었다.

"크하하하! 그래, 이 정도는 되어야 사냥할 맛이 나지!"

◗

"서둘러라!"

갑작스런 연락으로 인해 천마성 전체가 바쁘게 움직이기 시작했다.

만약을 대비하여 지옥수라대가 언제든 움직일 수 있도록 조치를 취해놓긴 했지만 설마 그들이 움직일 일이 있을까 했다.

하지만 진짜로 움직이게 된 것이다.

만약 미리 준비하지 않았다면 연락을 받은 즉시 움직이기는커녕 최소한 움직이기까지 삼 일은 걸렸을 터다.

신강까지의 거리가 있다보니 당연한 일이었다.

으드득!

패마가 강하게 이를 갈며 자신의 기운을 감추지 않고 풀어내고 있음에도 자리에 앉은 장로들은 한 마디도 할 수 없었다.

다들 같은 심정이기 때문이었다.

"지옥수라대의 준비는?"

"이미 준비를 마치고 출발했습니다. 전력으로 달리게 될 테니 열흘 안으로 도착 할 수 있을 것입니다."

자리를 비운 일 장로를 대신하여 회의를 주관하고 있는 것은 이 장로인 월영마검(月影魔劍) 심태광이었다.

보통 이 장로는 항시 외부로 돌며 바쁘게 일을 처리해 왔는데 일 장로가 자리를 비우게 되자 본성으로 돌아온 것이다.

"어떤 상황인지 알아냈나?"

굳은 얼굴로 묻는 패마에게 이 장로는 고개를 숙여야 했다.

"신강에는 본성의 비선이 거의 없는지라 아직 확실한 정보를 얻어내지 못했습니다. 다만 연락된 내용을 보아 탁골문 자체가 정체를 알 수 없는 자들의 손에 넘어 간 것은 확실해 보입니다."

"이번 일을 해결 할 수 있을 것이라 생각하나?"

"검마 장로님이 포함된 마검대를 막을 수 있는 세력이 쉬이 존재할 것이라 생각지 않습니다. 게다가 함정이 기다리고 있다고 해서 포기할 분이 아니지 않습니까."

이 장로의 말에 패마의 얼굴이 더욱 굳어진다.

일 장로인 검마의 유일한 단점이 있다면 바로 정면승부를 즐겨한다는 것이다.

어떠한 함정이 있다 하더라도 그는 오로지 정면으로만 뚫고 들어간다. 심지어 함정이 있다는 것을 알고 있으면서도.

과거 사황성과 백도맹과의 싸움에서 그런 저돌성 때문에 천마성은 많은 이득을 얻을 수 있었지만, 이번과 같은 경우에는 그렇지 않았다.

자칫 함정으로 인해 많은 사람을 잃을 수 있는 것이다.

게다가 단순히 검마와 마검대를 잃는 것으로 끝나지 않는다.

천마성을 이끌어가야 할 소성주 뿐만 아니라 장로들의 제자 역시 죽임을 당하는 것이었다.

다시 말해 자칫 천마성의 미래가 단절 될 수도 있는 큰 사건인 것이다.

"걱정스러운 것은 사실이지만 일 장로님께서 그것도 생각하지 않으셨을 리 없습니다. 게다가 일 장로님의 제자인 우혁이도 함께 있으니 더욱 조심하셨을 겁니다."

그 말이 그래도 조금은 위로가 된다.

하지만 굳어진 패마의 얼굴을 필 수는 없었다.

"후속 대책은?"

"본성에서 더 이상의 무력을 지원할 수는 없습니다. 정체를 알 수 없는 자들이…… 만약 예전 그 놈들이라면 본성의 무력이 약해지길 기다리고 있을 수도 있기 때문입니다. 게다가 무력이라면 지금 나간 것만으로도 충분 할 것으로 생각됩니다."

"으음……."

"대신 만금상단과 천하전장에 연락하여 지옥수라대가 쉬지 않고 움직일 수 있도록 말을 지원하도록 하였으며, 부상자가 있을 때를 대비하여 지옥수라대와 함께 오 장로가 함께 움직이고 있습니다."

그러고 보니 오 장로의 자리가 공석이다.

마선의(魔仙醫)라 불리는 그라면 목숨만 붙어 있다면 어떤 위중한 상황이라도 반드시 숨을 돌릴 수 있을 터였다.

그렇게 어느 정도 도현들에 대한 안전이 보장되자 패마는 눈을 돌렸다.

"어떤 놈들인 것 같나?"

"추측하길…… 예전 일을 벌였던 놈들일 가능성이 제일 높습니다. 당시에도 무림의 혼란을 노리고 많은 것을 획책했던 놈들이니 이번에도 비슷한 경우일 것이라 생각하고 있습니다."

패마의 물음에 답변을 한 것은 삼 장로인 혈영신투였다.

"그동안 잠잠했던 놈들이 이번 일을 기점으로 다시 움직이기 시작했다면 충분한 준비를 마친 뒤일 것임이 분명합니다. 그러므로 본성에서도 놈들에 대한 준비를 해야 한다고 생각합니다."

"무슨 준비가 있어야 할 것 같나?"

"간단합니다. 놈들이 나타나면…… 박살내는 겁니다."

짧고 간단한.

정말 말도 안 되는 계획이지만 듣고 있던 패마는 흡족한 듯 고개를 끄덕인다.

하나 밖에 없는 귀여운 제자를 건드린 놈들이다.

결코 살려둘 수 없는 놈들이니 만큼 모습을 드러내는 즉시 직접 뭉개버릴 작정이었다.

그런 마음을 알기에 삼 장로도 그렇게 말을 한 것이다.

"어쨌거나 지금 당장 할 수 있는 것이 없단 말이로군."

"그렇습니다. 그리고 이번 일로 알 수 있었던 또 하나는 놈들이 세외의 세력을 상대로 무엇인가를 꾸미고 있다는 것입니다. 그렇지 않고서야 굳이 신강을 노릴 이유가 없습니다."

"근래 서장이 소란스럽다고 하더니 그것과 관련된 것인가?"

"예. 서장에는 저희 사람이 없기 때문에 조만간 비선을 보내 볼 생각입니다. 미리 준비를 해서 나쁠 것은 없으니까요."

"그것은 알아서 해."

슥.

자리에서 일어서는 패마.

"상대가 누구이든. 본성을 건드린 이상 결코 살려두지 않을 것이야. 설령 그것이 중원에 피바람을 몰아치는 결과를 낳는다 하더라도."

살기까지 느껴지는 패마의 말에 장로들은 침을 삼킨다.

오랜만에 보는 모습이었다.

싸움과 피에 굶주려 있는 듯한 모습의 패마를 보는 것은.

과거엔 무수히 보았던 모습이지만 제자인 도현을 들이고 나선 쉬이 볼 수 없었던 모습이기도 했다.

"성 전체에 비상을 걸어라! 싸움 준비를 시작할 것이야."

"존명!"

일제히 무릎을 꿇으며 외치는 장로들.

깊은 잠을 자던 천마성이 서서히 깨어나고 있었다.

화사한 꽃이 핀 정원에 물을 주던 노인의 손이 멈춘다.

"실패?"

"예. 천마성에서 나온 인원이 예측했던 것보다 월등히 강하여 도저히 작전을 성공 할 수 없다 합니다."

"누가 나왔더냐."

노인의 물음에 한쪽에 부복을 한 사내가 즉시 입을 열었다.

"검마를 위시한 마검대가 나오고 천마성의 소궁주와 장로들의 제자들이 함께 나왔다고 합니다."

"최대치로 잡고 예상했던 것을 월등히 뛰어넘는 전력이로고……."

"그 사실을 아시고 다급히 도련님이 움직이셨으나 성공하긴 어려울 것으로 예상하고 있습니다."

"혈강시를 움직이지 않았느냐?"

말하지도 않은 사실을 먼저 물어오는 노인의 말에 사내는 식은땀을 흘리며 빠르게 대답한다.

"혈강시 오십을 대동했다고 하나 혈강시 정도로 검마와 마검대를 오래 붙들기는 어려울 것이라 판단하고 있습니다."

"그렇겠지. 그렇다면…… 량아의 선택은 한 가지 뿐이로

구나. 천마성의 소궁주를 직접 칠 생각이야."

"예. 저희 역시 그렇게 생각하고 있습니다."

수하의 보고를 들으며 노인의 손이 다시 바쁘게 움직인다.

쏴아아-.

물을 머금자 더욱 생기 있게 변하는 꽃들.

대체 어디에서 난 것인지 이름도 모를 기화이초들이 정원에 가득하다.

"클클, 녀석은 실패할 것이야."

"예?"

"적의 전력을 제대로 알지도 못하면서 움직였으니, 성공 할 수 있겠느냐. 그리고 패마의 패천마공은 결코 쉬이 볼 수 없는 무공이니…… 상대를 얕보는 습관이 있는 량이로선 이길 수 없을 것이야."

"허면 어찌 하시겠습니까?"

잠시 고민하던 노인이 답했다.

"그 자리를 벗어 날 수는 있을 테니 량이를 지원하여 본교로 복귀 할 수 있도록 돕도록 하게."

"존명!"

드넓은 화원을 홀로 거닐며 노인은 즐거운 듯 웃었다.

"허허허, 예쁘게 무럭무럭 자라나거라."

물을 전부 주고나선 마음에 드는 듯 웃으며 뒤돌아서는

노인.

그가 사라지고 얼마 지나지 않아 꽃들이 시들시들 병들기 시작하더니 곧 완전히 메말라 죽어버린다.

마치 몇 달은 물을 주지 않은 것 같은 모습으로.

쯔악!

허독량의 주먹이 스치며 옷이 거칠게 찢겨나가지만 거기에 신경 쓸 도현이 아니었다.

옷이야 얼마든지 구할 수 있지만 승부는 미룰 수 없는 법이다.

"합!"

짧은 기합과 함께 비어 있는 왼손으로 강하게 허독량의 비어있는 복부를 때리는 도현!

쾅!

굉음과 함께 허독량이 뒤로 밀려난다.

일그러진 얼굴이 그의 고통을 대변하는 듯하다.

스컥!

잠시 움직이지 않자 어느새 접근한 도현의 검이 예리하게 목을 노리고 날아든다. 뿐만 아니라 사방을 점하는 것 같은 화려한 보법까지.

도저히 쉽게 볼 수 없는 상대였다.

'으득!

이를 악무는 허독량.

'대체! 대체 이게 무슨 꼴이냔 말이다!'

자신을 향해 소리친다.

가볍게 보고 저지른 일인데 이제는 쉽게 수습 할 수 없을 정도로 일이 커져 있었다.

놈은 결코 자신의 아래가 아니었다.

아니, 엄밀하게 말하자면 자신보다 윗줄에 있는 고수였다.

처음엔 분명 어딘지 어울리지 않는 부자연스러움이 있어 공격하기 어렵지 않았으나, 시간이 갈수록 약점이 줄어들더니 이젠 전혀 보이지 않고 있었다.

마치 자신과의 싸움을 통해 많은 것을 흡수하는 듯했다.

자존심이 강한 허독량으로선 믿을 수 없는 일이었다.

자신이 겨우 타인이 성장하는 밑거름 역할이나 하고 있다는 것을 쉬이 납득 할 수 없는 것이다.

"크아아아!"

괴성을 지르며 굳게 쥔 두 주먹을 휘두른다.

지금으로선 그가 할 수 있는 최선이었다.

히이잉!

거칠게 투레질을 하는 말을 진정시키며 사내가 허공으로 팔을 내민다.

끼아악!

날카로운 소리와 함께 하늘 높이 날아 올라있던 전서응이 빠른 속도로 그의 팔위에 안착한다.

녀석의 목에 매달린 전서를 꺼낸 뒤 곁에서 대기하고 있던 수하에게 전서응을 넘긴다.

부스럭.

비문으로 적혀 있는 전서를 단숨에 읽어내려 간 그의 얼굴이 환해진다.

"이제야 이 지겨운 곳을 벗어 날 수 있는 건가?"

말을 돌려 뒤돌아서자 그의 뒤로 길게 늘어선 오백에 이르는 기마들이 질서정연하게 서 있었다.

"가자. 우리는 곧 중원으로 간다."

"우와아아아!"

함성을 내지르는 수하들을 뒤로 하고 다시 말머리를 돌린 그가 가장 선두에 서서 말을 내달리기 시작했고, 그 뒤를 수하들이 일제히 달리기 시작했다.

펄럭, 펄럭!

어느새 내걸린 깃발이 바람에 찢겨 나갈 듯 펄럭인다.

대막혈사풍(大漠血死風).

그들이 움직이기 시작했다.

〈3권에서 계속〉